Chibineko
O restaurante das memórias inesquecíveis

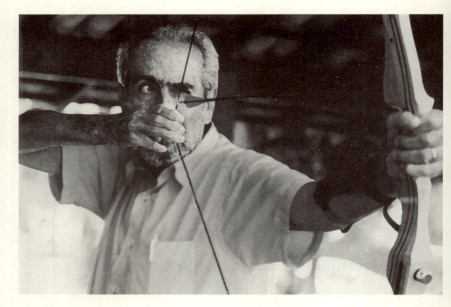

O Arqueiro

GERALDO JORDÃO PEREIRA (1938-2008) começou sua carreira aos 17 anos, quando foi trabalhar com seu pai, o célebre editor José Olympio, publicando obras marcantes como *O menino do dedo verde*, de Maurice Druon, e *Minha vida*, de Charles Chaplin.

Em 1976, fundou a Editora Salamandra com o propósito de formar uma nova geração de leitores e acabou criando um dos catálogos infantis mais premiados do Brasil. Em 1992, fugindo de sua linha editorial, lançou *Muitas vidas, muitos mestres*, de Brian Weiss, livro que deu origem à Editora Sextante.

Fã de histórias de suspense, Geraldo descobriu *O Código Da Vinci* antes mesmo de ele ser lançado nos Estados Unidos. A aposta em ficção, que não era o foco da Sextante, foi certeira: o título se transformou em um dos maiores fenômenos editoriais de todos os tempos.

Mas não foi só aos livros que se dedicou. Com seu desejo de ajudar o próximo, Geraldo desenvolveu diversos projetos sociais que se tornaram sua grande paixão.

Com a missão de publicar histórias empolgantes, tornar os livros cada vez mais acessíveis e despertar o amor pela leitura, a Editora Arqueiro é uma homenagem a esta figura extraordinária, capaz de enxergar mais além, mirar nas coisas verdadeiramente importantes e não perder o idealismo e a esperança diante dos desafios e contratempos da vida.

YUTA TAKAHASHI

Chibineko
O restaurante das memórias inesquecíveis

Traduzido do japonês por
Jefferson José Teixeira

Título original: ちびねこ亭の思い出ごはん (Chibinekotei No Omoidegohan)

Copyright © 2020 por Yuta Takahashi
Copyright da tradução © 2024 por Editora Arqueiro Ltda.

Publicado originalmente por Kobunsha Co., Ltd., Tóquio.
Direitos de tradução em língua portuguesa acordados com Kobunsha Co. Ltd. por intermédio da The English Agency (Japan) Ltd. e da New River Literary Ltd.

Todos os direitos reservados. Nenhuma parte deste livro pode ser utilizada ou reproduzida sob quaisquer meios existentes sem autorização por escrito dos editores.

coordenação editorial: Alice Dias
produção editorial: Livia Cabrini
preparo de originais: Priscila Cerqueira
revisão: Midori Hatai e Sheila Louzada
diagramação: Guilherme Lima e Natali Nabekura
capa: Villa Grafica / www.villagrafica.nl
imagem de capa: Midjourney
impressão e acabamento: Associação Religiosa Imprensa da Fé

CIP-BRASIL. CATALOGAÇÃO NA PUBLICAÇÃO
SINDICATO NACIONAL DOS EDITORES DE LIVROS, RJ

T142c

Takahashi, Yuta
  Chibineko: o restaurante das memórias inesquecíveis / Yuta Takahashi ; tradução Jefferson José Teixeira. - 1. ed. - São Paulo : Arqueiro, 2024.
  176 p. ; 21 cm.

  Tradução de: ちびねこ亭の思い出ごはん
  ISBN 978-65-5565-713-5

  1. Ficção japonesa. I. Teixeira, Jefferson José. II. Título.

24-93276 CDD: 895.63
          CDU: 82-3(520)

Meri Gleice Rodrigues de Souza - Bibliotecária - CRB-7/6439

Todos os direitos reservados, no Brasil, por
Editora Arqueiro Ltda.
Rua Artur de Azevedo, 1.767 – Conj. 177 – Pinheiros
05404-014 – São Paulo – SP
Tel.: (11) 2894-4987
E-mail: atendimento@editoraarqueiro.com.br
www.editoraarqueiro.com.br

Sumário

**O gato branco e marrom & o
iname cozido · 7**

**O gato preto & o sanduíche do
primeiro amor · 49**

**O gato tigrado de patas brancas
& o arroz de amendoim · 97**

**O gato Chibi & a refeição
makanai · 147**

O gato branco e marrom & o *ainame* cozido

AINAME · アイナメ

Peixe saboroso e de alta qualidade que vive nas regiões rochosas, nos recifes e no alto-mar em todo o Japão. Também pescado em Uchibo, província de Chiba, entre o verão e o inverno. Pode ser assado com a pele maçaricada ou grelhado com brotos da estação. Também fica uma delícia cozido.

Gaivotas-de-rabo-preto cruzam o céu. Ela já tinha visto essas aves em livros e na TV, mas provavelmente é a primeira vez que as vê ao vivo. *Miaoo, Miaoo...* O grasnido melancólico mais parece o miado de um gatinho perdido. É por isso que esses pássaros também são conhecidos como *umineko*, gatos-do-mar.

Kotoko Niki, uma jovem de 19 anos, visita uma cidadezinha costeira de Uchibo, na província de Chiba. Ela contempla o céu anil, o mar profundo e a praia ladeada por um caminho de terra batida. Em vez de asfalto, o pavimento é coberto de conchas brancas. Se as indicações que recebeu estiverem corretas, esse caminho a levará ao Chibineko.

Esse é o nome do pequeno restaurante na faixa costeira para onde ela se dirige agora. Ainda não são nem nove horas da manhã. Talvez por isso a praia esteja deserta. Pensando bem, agora ela se dá conta de que não cruzou com ninguém até ali. Esta parece ser uma cidade tranquila, diferente de Tóquio, onde ela mora.

– Uma cidadezinha à beira-mar... – murmura para si mesma.

Kotoko fica um tempo admirando a praia e os gatos-do-mar antes de seguir o caminho pavimentado de branco. As conchas tilintam ruidosamente sob seus pés e ela teme despertar toda a cidade com seus passos.

Outubro já está na metade, mas o outono não deu as caras ainda. Até parece verão, com o sol lançando seus raios no céu sem nuvens. Foi bom ela ter trazido um chapéu de aba larga, branco como seu vestido. A roupa elegante lhe imprime um ar antigo e combina bem com sua pele alva e seus cabelos compridos.

Parece uma senhorinha.

Era assim que Yuito, seu irmão dois anos mais velho, caçoava dela. Só de pensar nisso, Kotoko tem vontade de chorar. Não porque se sinta ofendida pela brincadeira, mas porque ele partiu.

Seu irmão não está mais neste mundo.

Ele morreu três meses atrás.

E a culpa foi dela.

Aconteceu durante as férias de verão da universidade. Já era fim de tarde quando Kotoko decidiu ir à livraria em frente à estação de trem para comprar o novo livro de um de seus autores prediletos.

Teria sido mais prático comprar pela internet, mas Kotoko preferia ir a lojas físicas sempre que possível. Ficava triste ao ver tantas livrarias fechando as portas.

– Estou indo à livraria – anunciou aos pais antes de sair de casa.

Chegando lá, encontrou no topo de uma pilha o livro que desejava. Parecia estar vendo bem. Ela comprou um exemplar e deixou a loja.

Já passava das seis horas, mas o sol ainda brilhava forte. Ao olhar distraída para a estação, avistou o irmão caminhando.

– Yuito!

– Ah, é você, Kotoko? – indagou ele ao ser chamado.

Eles se encontraram por acaso, mas isso não era incomum. A estação e a livraria ficavam perto de casa. Se tivessem combinado de voltar juntos a tempo do jantar, aquele seria mais ou menos o horário apropriado.

– Está voltando para casa?

– Estou.

O diálogo entre os dois se limitou a isso. Depois não falaram mais nada e caminharam calados lado a lado. Mesmo sendo bem próximos, não conversavam muito. Com ele, Kotoko se sentia à vontade para ficar em silêncio.

Ela pensava sobre o romance que acabara de comprar. Estava ansiosa para chegar em casa e começar a ler. Sabia que desfrutaria de um momento tranquilo. Por um instante chegou a esquecer que estava acompanhada do irmão.

Pouco depois, pararam num semáforo. Era um cruzamento estreito e sempre apinhado de gente, provavelmente porque conduzia à estação.

Ela não teve nenhum mau pressentimento. Nada. Apenas parou. Nem mesmo olhou para o irmão, ali à espera ao lado dela.

Então o sinal abriu e Kotoko começou a andar. Já na metade da pista, ouviu o ruído de um motor se aproximando. Virou a cabeça num reflexo e viu um carro avançando em sua direção a toda velocidade.

Vou ser atropelada!

Seu corpo ficou petrificado, e ela foi incapaz de correr. Estava assustada, as pernas anestesiadas de medo.

Apavorada, fechou os olhos.

Naquele momento, ela sentiu um forte impacto nas costas. Por um instante pensou que o carro a tivesse atingido, mas o golpe tinha vindo de outra direção. Alguém a empurrara.

Com o tranco, ela rolou até o outro lado da rua. Ralou os joelhos, bateu o cotovelo, mas estava inteira.

O que aconteceu?

Teria sido melhor continuar sem saber. Da calçada, Kotoko olhou para a pista.

E foi então que ela viu.

Quem a empurrara e salvara sua vida tinha sido seu irmão.

– Por quê...? – murmurou, mas sua voz não foi ouvida por ninguém.

Atingido em cheio pelo carro que avançara o sinal, seu irmão rolou como uma marionete que subitamente tem os fios cortados.

E permaneceu imóvel, caído, o corpo retorcido.

Buzinas ressoavam, pessoas gritavam.

Muitas vozes se misturavam.

Chamem uma ambulância!

Liguem para a polícia!

Ei, você está bem?

Essa pergunta foi dirigida a Kotoko, mas ela ainda era incapaz de reagir. Sua cabeça não funcionava, a voz tampouco saía.

Em silêncio, apenas observava o irmão inerte.

As sirenes da ambulância e da polícia se aproximaram. Quando o socorro chegou, seu irmão já estava morto.

Kotoko avança pelo estreito caminho pavimentado de conchas. As lágrimas agora não param de escorrer pelo rosto. A paisagem diante de seus olhos fica embaçada. Ela chora todos os dias desde a morte do irmão, mas não quer chorar agora. Seria constrangedor chegar ao restaurante com os olhos vermelhos e inchados. Para tentar conter as lágrimas, ela para e ergue o rosto para o céu. Kotoko tem a impressão de que poderia ser sugada para dentro daquele infinito azul. Essa sensação a acalma um pouco.

Ela olha o relógio e percebe que está quase no horário da sua reserva. Recompõe-se e decide apertar o passo.

Um vento marinho sopra de repente. O tempo está tão firme que ela é pega de surpresa pelo vento, que arranca seu chapéu e o faz sair voando.

– Ah, não! – exclama num reflexo.

O chapéu branco voa alto em direção ao mar e, ao que tudo indica, vai parar dentro d'água. Não há muito o que fazer: ou ela corre atrás ou desiste dele. Mas aquele é seu chapéu favorito e ela não está disposta a perdê-lo. Assim, apesar de não gostar muito da ideia, sai em disparada para tentar recuperá-lo.

Nesse momento, um homem passa por ela apressado, tomando a sua frente. Ele também está atrás do chapéu, mas Kotoko só vai se dar conta disso mais tarde – por enquanto, está paralisada, tomada pela surpresa. De costas, o homem é exatamente igual ao seu falecido irmão.

Ele é alto e esguio, os cabelos um pouco mais longos do que ela se lembra.

– Maninho?

Seu sussurro não chega aos ouvidos dele. Sem se virar, o homem dá um salto em direção ao sol. Sua silhueta na contraluz é graciosa, linda como a de um anjo. É como se ele tivesse criado asas. Por um instante Kotoko pensa que o irmão está de volta.

Um milagre.

Ela tinha ido à cidade com o desejo de encontrar o irmão. Nada a deixaria mais feliz do que testemunhar um milagre como esse. Mas ela logo percebe que não há milagre algum.

O homem pega o chapéu no ar e aterrissa na areia da praia. Depois se vira, e então ela vê seu rosto. Ele parece ter a mesma idade que seu irmão – pouco mais de 20 anos –, mas não é Yuito.

O irmão tinha uma aparência viril e a pele bronzeada; já o jovem de feições suaves tem uma pele quase translúcida por trás dos óculos de armação fina e delicada.

Seriam óculos femininos?, Kotoko se pergunta. De todo modo, combinam com o rosto dele: os traços de um personagem de mangá pelo qual a heroína se apaixona.

O rapaz se aproxima de Kotoko e lhe entrega o chapéu.

– Aqui está.

Sua voz é tão suave quanto seu semblante. Ela parece reconhecer essa voz, mas não tem tempo para tentar se lembrar de onde. Precisa agradecer pelo resgate do chapéu.

– Obrigada – balbucia, curvando-se ligeiramente, ainda atordoada pela lembrança do irmão.

De onde esse rapaz teria surgido? A praia estava deserta minutos atrás.

Enquanto se questiona, ela escuta o jovem dizer:

– Você deve ser a Srta. Kotoko Niki.
Que estranho! Como ele poderia saber o nome dela?
– S-sim, mas... quem é você?
– Desculpe não ter me apresentado antes! Eu sou Kai Fukuchi, do Chibineko. Obrigado por sua reserva.

O rapaz de óculos delicados trabalha justamente no restaurante para onde Kotoko se encaminhava. E é então que ela reconhece a voz: foi com ele que falou quando ligou para fazer a reserva.

Após o funeral do irmão, foi como se um fogo tivesse se apagado na família de Kotoko. Todos mergulharam num silêncio absoluto. O pai trabalhava numa pequena cooperativa de crédito local e a mãe cumpria meio expediente num supermercado. Ambos eram pessoas calmas e gentis.

"Seus pais são muito legais!", era o que seus amigos sempre comentavam quando iam visitá-la. E era verdade; Kotoko nunca vira seus pais levantarem a voz.

Seu irmão era o orgulho e a alegria da família. Aluno aplicado desde o fundamental, foi presidente do grêmio estudantil e ingressou na escola de ensino médio mais bem avaliada da região. Sem nunca repetir de ano, foi aprovado em uma prestigiosa e concorrida faculdade de direito.

A intenção era se tornar procurador ou advogado, mas seus planos mudaram e ele largou a faculdade antes de terminar o primeiro ano.

Kotoko ficou surpresa quando soube, mas não tão chocada quanto seus pais.

– O que você pretende fazer agora? – questionou a mãe.

– Vai abandonar a faculdade para estudar o quê? – perguntou o pai.

O rapaz ficou lívido diante do tom de reprovação, mas respondeu com firmeza:

– Quero ser ator.

Yuito fazia parte de uma pequena companhia de teatro local. Kotoko sabia que ele levava a atuação a sério, mas não a ponto de largar os estudos e querer se dedicar apenas a isso. Foi uma surpresa para todos.

– E você não pode fazer teatro e faculdade ao mesmo tempo?

Era uma pergunta bastante razoável. Nenhum pai ou mãe aceitaria tranquilamente ver o filho desistir de uma universidade de prestígio em tão pouco tempo.

– Não quero fazer teatro como passatempo. Quero me dedicar de corpo e alma.

Os pais não pareciam convencidos.

– De corpo e alma?

– Sim. Quero ser ator, e serei.

A resposta foi incisiva, a determinação estampada em seu rosto. Ele estava decidido.

– Não é uma carreira difícil? – perguntou a mãe.

Essa também era uma pergunta justa.

Kotoko não entendia muito do assunto, mas tinha a impressão de que eram poucos os atores que de fato faziam sucesso. Yuito com certeza teria mais estabilidade se concluísse os estudos e arranjasse um emprego num escritório de advocacia.

O irmão não recuou.

– Sei que é uma profissão cheia de desafios, mas estou disposto a encarar.

Não havia hesitação em suas palavras. Ele tinha escolhido o próprio caminho.

– Só se vive uma vez, e não quero ter arrependimentos no futuro – declarou num tom persuasivo. – Em três anos vou estar na TV, vocês vão ver! Mas se a carreira de ator não der certo, posso retomar os estudos e prestar um concurso público.

Diante disso, seus pais concordaram. Devem ter pensado que seria inútil argumentar quando ele parecia tão decidido. E talvez, no fundo, acreditassem que acabaria mesmo se tornando funcionário público.

Kotoko também pensava assim, admitia. Ter sucesso como ator de TV parecia um sonho impossível.

Em menos de três anos, contudo, o irmão mostrou do que era capaz.

Ele foi selecionado para o papel principal numa peça e, no ano seguinte, foi escalado para uma novela, conseguindo o importante papel de amigo do protagonista. Uma revista semanal o chamou de "astro em ascensão", e ele apareceu em diversos programas de TV antes mesmo de as gravações começarem.

– Estamos orgulhosos de você, meu filho! – elogiou o pai, dando o braço a torcer.

A mãe recortava todas as matérias que citavam Yuito. Ambos aguardavam com ansiedade o início da novela. Kotoko também estava orgulhosa do irmão.

– Maninho, você é incrível!

Ela sabia quanto Yuito havia trabalhado para realizar seu sonho. Sem dúvida ele tinha talento, mas ainda assim se esforçava mais que qualquer outra pessoa. Ela o vira inúmeras vezes fazendo exercícios vocais no parque perto de casa.

Só se vive uma vez, e não quero ter arrependimentos no futuro.

Ele costumava repetir essa frase, mas morreu sem ver seu sonho realizado.

Após a tragédia, a vida continuou e a família de quatro pessoas se viu reduzida a três. Para proteger uma vida, outra se perdera.

Se Yuito não a tivesse salvado, Kotoko teria morrido – e ele estaria vivo.

Ela não queria que ele tivesse se sacrificado para salvá-la. Não desejava morrer, mas também não queria viver no lugar do irmão.

Ele tinha talento e muitos fãs, algo que ela constatava sempre que o visitava na companhia de teatro.

Kotoko sempre gostou de teatro e costumava assistir às peças e aos ensaios dele. Chegou a subir ao palco algumas vezes para encenar pequenos papéis quando um ator ou figurante faltava.

Kumagai, diretor e um dos fundadores da companhia, era um homem barbudo e corpulento que fazia jus ao seu nome: *kuma* significa "urso". Aparentava estar na casa dos 40 ou 50, mas na verdade era apenas uns dez anos mais velho que Yuito. Sua expressão severa era capaz de intimidar jovens encrenqueiros na rua, mas ele tinha olhos cândidos e um sorriso caloroso. Talvez ele tenha sido a razão pela qual a tímida Kotoko aceitou subir ao palco. O encanto dele atraía as pessoas.

– Garota, você tem talento – disse ele após a segunda apresentação dela.

– Até parece...

Kotoko tinha atuado como figurante, sem nenhuma fala. Por

isso achou que Kumagai estivesse zombando dela, mas o semblante dele estava muito sério quando ele declarou:

– Sua presença ilumina o palco, Kotoko. Mesmo em silêncio você emana uma luz especial.

Era a primeira vez na vida que ela ouvia algo assim. Ao contrário do irmão, muito popular, Kotoko sempre fora uma criança introvertida, quieta, que se escondia no cantinho da sala de aula. Todos que a conheciam sabiam disso. Mesmo assim, Kumagai não se cansava de elogiá-la.

– Você tem mais presença de palco do que Yuito.

Que ideia mais absurda! Só podia ser piada.

Mas, surpreendentemente, alguém concordou com o diretor.

– Eu também acho – disse seu irmão, que estava ouvindo a conversa de longe e não se conteve. – Apesar de eu ser o protagonista, o público só olhava para você, Kotoko.

– Porque eu estava me saindo muito mal, imagino.

– Não, porque estavam fascinados. Uma figurante conquistar o coração da plateia é coisa de gênio!

– Você está zombando de mim! – protestou Kotoko.

Yuito revirou os olhos. Quando ela fez menção de continuar reclamando, Kumagai interveio:

– O que você acha de levar a atuação a sério?

– De jeito nenhum.

Ela até gostava de teatro, mas não tinha talento nem disposição para se dedicar de verdade. Ser uma figurante ocasional era o suficiente. Aliás, em geral estava ali só para acompanhar o irmão.

Por isso, quando ele morreu, ela parou de frequentar o teatro.

Também trancou a faculdade.

Não queria fazer nada, não desejava ir a lugar algum. Ficava o tempo todo quieta em seu quarto. Só saía de casa para visitar o túmulo dele.

Foi Kumagai que incentivou Kotoko a visitar a cidadezinha litorânea, algum tempo depois.

Para Yuito, Kumagai era mais que apenas o líder da companhia teatral, era também um amigo. Nos dias de folga, ambos iam de moto pescar nos rochedos e vez ou outra faziam longas viagens juntos.

Kotoko reencontrou Kumagai no cemitério, durante uma visita ao túmulo do irmão. Quando ela chegou, o homem já estava ali, diante da lápide, murmurando uma prece com as mãos unidas. Ela não queria falar com ninguém, mas seria grosseiro dar meia-volta ao vê-lo.

– Kotoko, há quanto tempo! – comentou Kumagai ao perceber que ela se aproximava.

– Kumagai, obrigada pelo apoio quando meu irmão faleceu – disse com uma saudação formal, tentando encerrar logo a conversa.

– Você está se alimentando direito? – perguntou ele.

Ele provavelmente havia notado seu rosto magro. Kotoko não tinha apetite desde que Yuito se fora. Ela tentava se forçar a comer para não desmaiar, mas às vezes esquecia. Naquele dia em particular, não tinha comido nada, mas não queria admitir isso.

– Sim, estou me alimentando.

Kumagai não disse nada; provavelmente sabia que era mentira. Ele apenas olhou para Kotoko com ar preocupado.

Ela desviou o olhar para os túmulos imaculados da família

Niki. Seus pais deviam limpá-los com frequência, pois, apesar de aqueles serem a casa de seus ancestrais havia várias gerações, não se via nem sinal de poeira.

Com tristeza, Kotoko imaginou os pais chorando ao limpar a lápide de Yuito.

– Você não deveria ter me salvado – sussurrou ela, dirigindo-se ao túmulo.

Era insuportavelmente doloroso ter sobrevivido ao acidente sozinha.

Ela estava tentando conter a emoção quando a voz de Kumagai alcançou seus ouvidos:

– Você conhece o restaurante Chibineko?

As lágrimas de Kotoko se retraíram diante da pergunta inusitada.

– Hã... o quê?

– Na verdade não é bem um restaurante, está mais para um bistrô. É um local com menu fixo, numa cidadezinha litorânea. Fica em Uchibo, na província de Chiba. Nunca ouviu falar?

Era a primeira vez que ela ouvia aquele nome. Raramente ia a Chiba. Quando o irmão era vivo, a família viajava até lá uma ou duas vezes por ano para ir ao parque da Disney, mas com certeza nunca tinham entrado em um bistrô.

– Não...

– Eu e Yuito passamos por lá algumas vezes quando íamos pescar. O bistrô é administrado por uma mulher de uns 50 anos e... – Ele fez uma pausa antes de prosseguir: – Eles preparam comidas afetivas.

Comidas afetivas... ela também nunca tinha ouvido essa expressão. Parecia corriqueiro pelo tom de Kumagai, mas era novidade para ela.

– É *kagezen* – reformulou Kumagai, vendo-a confusa. – Refeição para uma pessoa ausente.

Essa palavra, sim, ela conhecia. Significava uma refeição oferecida a um familiar distante, para protegê-lo. Também podia ser uma refeição preparada para honrar a memória de uma pessoa falecida. Kumagai devia estar se referindo a essa última acepção. No funeral de Yuito, a *kagezen* foi preparada para ser servida durante o velório.

– Dizem que quando se desfruta da refeição afetiva do Chibineko é possível ouvir a voz de um ente querido. As lembranças retornam de forma muito vívida.

– A voz de um ente querido? – sussurrou Kotoko, com o pensamento longe, sem conseguir acompanhar a conversa.

– Sim, de uma pessoa falecida.

– Hã? – Kotoko estava atordoada.

– Quando se come a refeição afetiva, pode-se ouvir a voz de alguém que já partiu. E às vezes essa pessoa aparece. Entende o que eu digo? – perguntou Kumagai, mas Kotoko balançou a cabeça. Para ela, aquilo era incompreensível. – Se você for ao Chibineko, talvez consiga conversar com Yuito.

Ela captava o sentido das palavras, mas tinha dificuldade de compreender o que Kumagai queria dizer com aquilo. Seria uma piada de mau gosto?

O semblante de Kumagai, no entanto, era sério. Não era a expressão de alguém que estava brincando. Ele era um dos melhores amigos do irmão dela. Tanto no velório quanto no funeral, fora ele quem mais chorara.

Ele definitivamente não estava brincando.

Era algo inverossímil, mas ela acreditou nas palavras de Kumagai. Decidiu acreditar.

– É mesmo possível reencontrar meu irmão? – insistiu, como que para se certificar.
– Não sei. São rumores – foi a resposta dele.
Era suficiente. Esquecendo que estava ali para visitar o túmulo de Yuito, Kotoko perguntou:
– Pode me falar mais sobre esse restaurante?

– Restaurante Chibineko. Em que posso ajudar?
Ao ligar para o número passado por Kumagai, um jovem atendeu. Era a voz de Kai, mas naquele momento ela ainda não sabia disso.
– Gostaria de fazer uma reserva.
– Estamos abertos até as dez da manhã. Tudo bem?
– Da manhã?
– Isso mesmo, dez da manhã. Algum problema?
– N-não, claro que não – respondeu Kotoko.
Será que aquele era um estabelecimento especializado em café da manhã? Então por que ofereceriam *kagezen*? Ela não entendeu, mas também não se preocupou com isso. Se pegasse o primeiro trem, chegaria a tempo.
– O que a senhorita deseja?
Ele usava um linguajar formal que se poderia chamar de antiquado. A voz gentil e suave, agradável aos ouvidos, deixou Kotoko mais tranquila.
– Seria possível encomendar uma... uma refeição afetiva?
– Com prazer, senhorita. – O rapaz aceitou o pedido prontamente.
Kotoko informou seu nome e telefone para contato e, em

seguida, a voz do outro lado da linha se desculpou. Tinha se esquecido de informar algo importante:

– Temos um gato no estabelecimento. Haveria algum transtorno para a senhorita quanto a isso?

Talvez fosse uma espécie de mascote, pensou ela. Como Chibineko significa "gato pequeno", não era de admirar que houvesse um gato ali. Kotoko até simpatizava com a ideia, por isso respondeu:

– Transtorno nenhum.

– Obrigado.

Ela imaginou o rapaz fazendo uma reverência do outro lado da linha. Sua personalidade sincera e delicada parecia se derramar através do telefone. Kotoko simpatizou na hora com o dono da voz.

– Então estaremos à sua espera. Agradeço por ter telefonado para fazer a reserva.

Ele foi educado até o fim.

Kumagai explicou a ela como chegar ao Chibineko. Levava uma hora e meia de trem expresso, saindo da estação de Tóquio. Pela distância, daria para ir e voltar no mesmo dia.

– Mande meus cumprimentos a Nanami e a Chibi – pediu ele. Nanami era a proprietária e Chibi devia ser o gato.

– Pode deixar... – Kotoko disse, mas logo esqueceu. Kumagai que a desculpasse, mas a mente dela estava totalmente ocupada pela possibilidade de reencontrar o irmão.

Kotoko pegou o trem para a cidadezinha litorânea, sabendo que o restaurante ficava relativamente perto da estação ferroviária.

Ao sair da estação, entrou em um ônibus e chacoalhou dentro dele por alguns minutos. Depois caminhou ao longo do aterro do rio Koito. Chegando à rua de conchas brancas, perdeu o chapéu e encontrou Kai Fukuchi.

Agora Kai está diante dela, vestindo uma camisa social de mangas compridas e calça preta. Seu cabelo um pouco comprido balança suavemente ao sabor da brisa marinha.

– Bem, permita-me lhe mostrar o caminho até o restaurante.

– Obrigada – diz Kotoko.

Os dois começam a andar juntos e em menos de três minutos Kotoko avista o estabelecimento: uma elegante construção de madeira com fachada azul e ar praiano. Um sobrado espaçoso, que parece servir também de residência.

Do lado de fora não há um letreiro indicando o nome do restaurante, apenas um cavalete emoldurando uma lousa com as seguintes palavras escritas em giz branco:

Chibineko
Preparamos refeições afetivas

E, embaixo, uma pequena observação:

Temos um gato que vive aqui.

Há também o desenho de um gatinho. Tanto as palavras quanto o desenho têm traços suaves e femininos. Porém não se vê na lousa o menu, o horário de funcionamento ou qualquer alusão a ser um restaurante aberto apenas para o café da manhã.

Enquanto olha admirada as palavras no cavalete, Kotoko ouve um choramingo vindo do lado oposto.

Kotoko identifica um gato pequenino, um gracioso filhote branco e marrom.

Gatos são comuns em cidades litorâneas, mas é inesperado ver um filhote tão pequeno diante do restaurante. Será um gato de rua? Ele não demonstra sentir medo de pessoas e tem uma pelagem bem cuidada. Kotoko olha fascinada quando Kai começa a brigar com o bichano:

– Quantas vezes preciso repetir que você não pode sair?

Ele fala como se conversasse com outro ser humano. Seu tom é formal até com um gato! Kotoko percebe que essa não é uma postura meramente profissional, é algo natural dele.

– Você deve ficar dentro de casa! Entendeu?

Depois de ralhar com o gatinho com o semblante muito sério, ele se vira para Kotoko e diz, num tom de voz exageradamente educado:

– Queira desculpar minha demora em apresentar vocês dois. Este é nosso Chibi.

– *Miaau*. – Chibi mia como se fosse uma saudação.

Ele deve mesmo ser o mascote do lugar, pensa ela.

– Por mais que eu proíba, ele sempre escapa – explica Kai, como querendo se justificar. – Vamos, já para dentro.

Ao receber a ordem, o gatinho fujão responde:

– *Miiau*.

Não só mia, como anda com calma em direção ao restaurante. Abana o rabo e parece querer ordenar a Kotoko e Kai: "Me acompanhem."

Kai se adianta ao gatinho e abre a porta.

– Bem-vinda ao Chibineko. Faça o obséquio de entrar.

É um pequeno bistrô de apenas oito lugares. Não há assentos no balcão, apenas duas mesas com quatro cadeiras cada. As mesas e as cadeiras são de madeira e estão envolvidas por um ambiente acolhedor semelhante ao de um chalé. Num dos cantos há um relógio grande, alto e antigo. Parece ainda funcionar, fazendo *tic-tac-tic-tac*.

E na parede há uma grande janela de onde se pode vislumbrar o mar de Uchibo. Os gatos-do-mar sobrevoam o mar azul. *Miaoo, Miaoo*, eles grasnam.

– *Miaau*.

Como que em resposta, Chibi mia se dirigindo à janela. Porém, parecendo não ter tanto interesse pelos gatos-do-mar, caminha até o antigo relógio.

Enquanto Kotoko acompanha Chibi com o olhar, Kai indica a ela uma cadeira.

– Pode ser aqui?

O assento fica junto à janela através da qual a linda vista se descortina.

– S-sim.

– Fique à vontade. – Kai puxa uma cadeira.

– Obrigada.

Kotoko se senta. É um restaurante pequeno, limpo e acolhedor. O funcionário é simpático e há até um gracioso gatinho.

O bichano se acomoda na poltrona de madeira ao lado do antigo relógio e fecha os olhos, adormecendo imediatamente. É uma cena idílica.

É possível ouvir a voz de alguém que já partiu.

E às vezes essa pessoa aparece.

Kumagai tinha dito isso, mas o bistrô não corresponde a essa imagem. Nanami, a mulher de 50 anos, supostamente a cozinheira, não está no local. Quando Kotoko pensa em perguntar, Kai informa:

– Vou preparar agora a refeição afetiva de acordo com sua reserva. Aguarde um pouco, por gentileza.

Kotoko saíra de casa três horas antes, quando ainda não havia amanhecido por completo. Se não pegasse o primeiro trem do dia, não chegaria a tempo.

Apesar de ser bem cedo, a luz do cômodo que abriga o altar budista da família já estava acesa. Os pais estavam acordados. Eram incontáveis as noites insones de Kotoko e dos pais dela.

O altar ficava bem perto do vestíbulo, separado do corredor apenas por uma porta de correr com estrutura de madeira e papel translúcido. Kotoko vislumbrou a silhueta dos pais, mas evitou se despedir ao sair. Pensando no que eles estavam sentindo, preferiu não dizer nada.

Apesar de contrários à decisão do filho, os pais ansiavam por ver sua carreira progredir. Haviam aguardado com expectativa sua aparição na TV. Compartilhavam o sonho do rapaz.

Isso tudo desvanecera. O filho havia morrido e, esmagados pela tristeza, os pais se assemelhavam a fantasmas. Sempre enfurnados no cômodo do altar.

Eu é que deveria ter morrido.

No fim das contas, esse pensamento sempre cruzava a mente de Kotoko. Mesmo agora, ao chegar ao Chibineko, é assaltada por essa ideia.

Não é apenas o fato de o irmão ter morrido para salvá-la. Ela acha que, se o irmão tivesse sobrevivido em vez dela, provavelmente os pais não estariam tão deprimidos. Mesmo que estivessem, o irmão conseguiria ajudá-los a se reerguer. Kotoko nem sequer conversava com eles.

Sobrevivi como uma inútil.

Sobrevivi sem sonhos.

Esses pensamentos a atormentam. Ela não sabe como viverá dali em diante. Está perdida, à beira das lágrimas. Então ouve um miado vindo do chão.

– *Miaau.*

É Chibi, que deveria estar dormindo na poltrona. Sem que ela percebesse, ele se aproximou de seus pés e agora encara seu rosto. O gato parece preocupado com ela, e Kotoko ri involuntariamente. Só por isso não chora.

– Obrigada.

Bem nesse momento, Kai reaparece, vindo da cozinha. Usa um avental de jeans branco. Na altura do peito há o bordado de um gatinho, possivelmente representando Chibi. Ele se aproxima da mesa e diz a Kotoko:

– Obrigado por esperar.

Kai traz os pratos sobre uma bandeja laqueada. Arroz, sopa de missô e peixe cozido. Kai os perfila sobre a mesa. Deve ter acabado de fazer. Vapor se ergue dos pratos. Chibi mia, atraído pelo cheiro do peixe.

– *Miiau.*

Ele parece implorar, mas Kotoko nem olha para ele. Seus olhos são atraídos pelo peixe cozido. Há ali um prato inesperado.

– *Ainame* cozido... – sussurra ela involuntariamente.

Essa era a especialidade do irmão.

O *ainame*, também conhecido como *aburame*, é um peixe fusiforme de água salgada. Vive nos recifes costeiros e chega a medir 30 centímetros.

Raramente é visto nos supermercados e quitandas de Tóquio, mas é famoso pelo seu sabor. Não é barato. Por vezes é chamado de peixe de grife.

Não é o tipo de peixe consumido corriqueiramente pelas famílias e, até o irmão falar sobre ele, Kotoko desconhecia sua existência.

Quando ia pescar com Kumagai, o irmão às vezes apanhava *ainames*.

– Eu bem que podia me tornar pescador.

Kotoko se lembra de como ele se gabava em tom de brincadeira. Era bom em tudo que fazia. Ele pescava, limpava e cozinhava o peixe, sem pedir ajuda a ninguém.

Kotoko, que sempre gostou de culinária, observava o irmão preparando os peixes que trazia.

– Hoje vou fazer *namero* – disse o irmão certa vez.

Namero é uma iguaria típica da província de Chiba. Pequenos pedaços de peixe são cortados com um facão e misturados com cebolinha picada, gengibre, *myoga*, missô e outros ingredientes, formando uma pasta grossa.

– É delicioso cru, mas a melhor maneira de comer é sobre arroz recém-cozido.

Só de ouvir, Kotoko ficou com água na boca. Queria experimentar, mas Yuito avisou que comer o peixe cru era perigoso.

– Pode ter *Anisakis* – alertou ele.

Anisakis é um parasita que vive em animais marinhos, como cavalinhas, carapaus e lulas. Pode estar presente também em *ainames*. Quando o peixe ou molusco é ingerido cru, pode provocar dores abdominais causadas pela anisaquíase.

– Mas depois de cozido não há perigo!

Ao dizer isso, o irmão formou bolinhos com a pasta, recheou com vieiras e abalones e pôs para grelhar. Esse também é um prato típico da província de Chiba, denominado *sangayaki*.

O irresistível aroma do missô tostado abria o apetite, a ponto de Kotoko, que em geral comia feito um passarinho, repetir a porção.

Havia, contudo, um prato ainda mais apreciado por ambos: *ainame* cozido.

– Hoje vou preparar nosso prato favorito – disse Yuito certo dia.

– Você sabe fazer *ainame* cozido?

– Sim! – falou ele, cheio de confiança.

Na verdade, apesar de exigir tempo, esse não é um prato difícil de preparar. Basta retirar as escamas, as guelras e as tripas do *ainame* e cozinhá-lo numa frigideira. Mas o irmão o fazia colocando primeiro saquê e gengibre.

– Isso deixa a carne mais tenra. E o cheiro do peixe também desaparece.

Ele parecia ter ouvido isso em algum lugar e falava como se ministrasse uma aula. Aparentemente, o saquê realçava o sabor do *ainame*.

– Quando o saquê inicia a fervura, é hora de adicionar açúcar, shoyu, *mirin* e deixar cozinhar lentamente. Quando começar a ficar lustroso, é porque está pronto. Fica igualzinho ao que a gente come no restaurante.

Realmente ficou delicioso. Difícil acreditar que foi feito por um cozinheiro amador.

Kotoko adorou o prato feito pelo irmão. Depois daquele dia, sempre que ele pescava o *ainame*, cozinhava para ela. Foram inúmeras vezes.

– Como você conhece esse prato? – pergunta Kotoko a Kai.

Ela encomendou uma refeição afetiva ao telefone, é verdade, mas não mencionou nenhum prato específico. Achava que seria servida uma *kagezen* padrão – o tipo de comida que se come em funerais e velórios.

Será mera coincidência?

Não, impossível. Ela nunca ouviu falar que o *ainame* cozido é servido como *kagezen*. Além disso, o prato é exatamente igual ao que o irmão costumava preparar.

– Não há mistério algum – declara Kai, como se revelasse um segredo, e tira do bolso uma caderneta grossa e muito usada. – Está anotado aqui.

– Hã?

– Yuito Niki foi um cliente regular do nosso restaurante. Ele pescava *ainames* no mar aqui perto.

Então foi isso. Ela esqueceu que foi Kumagai quem lhe indicou o local. Agora ela entende a semelhança dos pratos. O irmão imitou o sabor do peixe preparado no bistrô. Talvez tenha pedido a eles a receita.

Só que Kumagai também tinha mencionado que havia uma mulher no restaurante. A caligrafia no cavalete lá fora parecia feminina e Kotoko reparou no bordado no avental, mas não há sinal de que mais alguém esteja ali. Parece que Kai e Chibi cuidam sozinhos do estabelecimento.

Kai recoloca a caderneta no bolso do avental e volta a alinhar as louças sobre a mesa.

– Bom apetite. – Ele acena com a cabeça e retorna à cozinha.

Ainame cozido, arroz, sopa de missô. É de fato uma comida afetiva, mas diferente da *kagezen* servida habitualmente.

E o irmão não aparece.

Tampouco sua voz é ouvida.

O silêncio é tão profundo que o antigo relógio parece bater mais alto agora. Do outro lado da janela ouvem-se o ruído das ondas e o grasnido dos gatos-do-mar.

Percebendo que não vai ganhar nenhum pedaço do *ainame*, Chibi se deita todo enroscado na cadeira em frente a Kotoko. É o assento diante do qual a comida afetiva é colocada. Não há o menor indício de que um morto aparecerá.

Kotoko dá de ombros. É um lugar acolhedor, mas não atendeu às suas expectativas. Nada do que Kumagai disse aconteceu. É pouco provável que ela reencontre o irmão.

Mesmo decepcionada, Kotoko junta as mãos numa saudação antes de pegar os hashis.

– Sou grata por esta comida.

Ela decide começar a comer. Como de costume, está sem apetite, mas seria indelicado deixar a comida intocada. A princípio, pega os hashis planejando provar apenas o peixe cozido.

O *ainame* está tão tenro que basta encostar nele para a carne se soltar lindamente. Uma bela carne branca envolvida por um molho cor de mel.

Apesar de estar sem fome, Kotoko fica com água na boca. Ela sente vontade de devorar o prato.

Leva um pedaço à boca. A primeira coisa que sente é o delicioso sabor do molho tarê. Doce, salgado e denso, ele realça o sabor do peixe branco. A carne de *ainame* tem gordura, apesar de leve, e, misturada ao molho agridoce, desaparece lentamente sobre a língua de Kotoko.

O sabor é tão bom que ela nem percebe quando fala:

– É muito mais saboroso do que o *ainame* cozido do meu irmão...

Após sussurrar, ela inclina a cabeça. Sua voz sai estranha, abafada. Acha que pode ter se resfriado, mas a garganta não está incomodando. Aliás, sua voz não fica desse jeito mesmo quando ela adoece.

Será que o problema estará nos ouvidos, em vez de na garganta? Será que é alguma infecção? Ela faz a si mesma essas perguntas quando ouve uma voz masculina:

– Não diga o óbvio! Foi preparado por um profissional, ora essa!

Parece uma resposta ao seu comentário anterior, mas não é a voz de Kai. É uma voz que vem de fora do bistrô. E é bem familiar. Até o momento do acidente, no último verão, ela ouvia essa voz diariamente.

– Não pode ser...

Ao mesmo tempo que Kotoko sussurra, a campainha soa. *Ding-dong.* A porta do restaurante se abre e ela tem a impressão de ver alguém entrando. Uma sombra branca e alta.

– *Miaau.* – Chibi se levanta, salta da cadeira como se quisesse ceder o lugar para o visitante e volta para a poltrona.

Kotoko repara no antigo relógio. Os ponteiros não se mexem. O relógio parou.

É estranho.

O ruído das ondas e o grasnido dos gatos-do-mar desapareceram como se o próprio tempo tivesse estacado. Não se ouve sequer o som do vento.

– O que está acontecendo?

Como em resposta à sua pergunta, todo o recinto se enche da névoa matinal. E a sombra branca e alta caminha até ela.

É Yuito. Ele fala com sua voz inconfundível:

– Kotoko, quanto tempo!

Seu falecido irmão apareceu.

Ela veio em busca de um milagre, desejando reencontrá-lo, mas, agora que ele está diante dela, as palavras estão presas em sua garganta.

Ela olha em volta à procura de Kai, mas não há sinal dele. Kotoko e Chibi parecem perdidos em outro mundo.

– Posso me sentar?

– Uhum...

Recebendo a permissão da irmã, ele se acomoda na cadeira na frente dela, bem diante de sua refeição afetiva. Parece ainda estar quente, saindo fumaça.

– Este *ainame* cozido está com uma cara ótima – comenta ele, num tom alegre.

A voz está abafada, mas o jeito de falar é o mesmo de quando era vivo. Sem dúvida é seu irmão.

Kotoko volta a si. Ela não pode ficar catatônica agora que o irmão apareceu.

– Vou chamar nossos pais.

Mais do que ninguém, eles desejariam revê-lo.

Seria mais rápido ligar, mas ela não sabe se conseguiria explicar aquela situação por telefone. É melhor buscá-los em casa. Ela faz menção de se levantar, mas o irmão intervém:

– Nem tente.

Ele parece ter lido os pensamentos de Kotoko.

– Por quê? – pergunta ela.

– Quando eles chegarem aqui, eu já terei partido.

– Partido? Você não estará mais aqui?

– Não. – O irmão balança a cabeça. – Não posso permanecer por muito tempo neste mundo. Apenas até terminar esta refeição.

Kotoko está prestes a dizer "Então basta não comê-la", mas de repente se lembra das palavras que ouviu do sumo sacerdote no funeral do irmão.

Os mortos se alimentam de aroma. Queimamos incenso diante de Buda porque esse aroma se torna seu alimento.

Yuito assente, parecendo adivinhar o raciocínio da irmã.

– Quando a comida esfria, não se sente o cheiro. Imagine que o vapor é uma refeição.

Então ele pode ficar neste mundo apenas enquanto o vapor do prato subir. Finalmente se reencontraram, mas só podem ficar juntos até a comida esfriar.

– E mais uma coisa – acrescenta o irmão. – Hoje é a única vez que poderei vir a este mundo. Quando eu partir, provavelmente jamais poderei retornar. Ou conversar com você.

Apesar do "provavelmente", a voz do irmão está cheia de convicção. Ele sabe que não terá outra oportunidade.

– Ah, não pode ser... – ela tenta protestar, mas deixa a frase inacabada. Afinal, nem sabe com quem poderia se queixar.

Sente-se perdida mais uma vez. É assim que se sente desde a morte de Yuito.

– É um milagre nos vermos de novo, mesmo que uma única vez, não acha? – diz ele, tentando acalmá-la.

Sim, Kotoko também considera isso tudo um milagre, mas

balança a cabeça, insatisfeita. Ela não se conforma. Por causa desse único encontro, seus pais não poderão rever o filho. Ela pensa nos pais sentados diante do altar budista. Nos últimos três meses, ambos parecem ter encolhido, os cabelos cada vez mais brancos. Sem dúvida adorariam revê-lo. Mas agora isso é impossível. Kotoko desperdiçou a oportunidade.

Ela se arrepende de ter ido encontrar o irmão sozinha. Lamenta ter vindo sem consultar os pais.

– O arrependimento não trará o tempo de volta – declara o irmão, com doçura.

Cruel, mas muito verdadeiro. Enquanto nos arrependemos, o tempo continua a fluir.

O *ainame* começa a esfriar, o vapor já não sobe tanto. Isso também acontece com o arroz e a sopa de missô. O calor da comida afetiva começa a arrefecer.

O tempo se esvai.

Pelo jeito, não vai demorar nem dez minutos para a comida esfriar por completo. E então o irmão retornará para o outro mundo para sempre.

Kotoko está inquieta, sente-se encurralada. Tenta dizer algo, mas a voz fica presa na garganta. Impossível articular qualquer palavra, pensar em qualquer coisa.

Mais um momento se passa e continua emudecida.

Ela estragou tudo.

O tempo com o irmão terminará sem que ela tenha dito nada importante.

Desperdicei esse milagre.

– Prove este aqui também – alguém propõe de repente. Essa voz não está abafada.

Ao se virar, ela depara com Kai de pé ao lado da mesa. Ele, que havia sumido, reapareceu.

– Há mais um prato – anuncia ele, respeitosamente.

Kai parece não enxergar o irmão de Kotoko e, sem olhar na direção dele, deposita a comida sobre a mesa. Há duas porções. Arroz quente e uma pequena tigela. Na tigela há várias geleias em forma de cubinhos. De lindas cores, como âmbar e turmalina.

– Que maravilha – elogia o irmão, mas Kai parece não ouvi-lo.

– Que maravilha... – repete Kotoko num sussurro, e Kai assente.

– Nosso restaurante se orgulha deste prato.

Então ele consegue ouvir Kotoko. Por alguma razão, isso a consola. É como se um aliado tivesse surgido.

– O que é isso? – pergunta ela com a voz ainda abafada.

– É *nikogori* de *ainame* – responde Kai, explicando as características do lindo prato que mais parece uma joia.

O *nikogori* é um caldo de peixe esfriado em forma de geleia. É feito de peixes mais gelatinosos, como solha ou linguado.

Por vezes, a carne mole do peixe cozido é endurecida com ágar-ágar ou gelatina, mas o prato diante de Kotoko foi preparado apenas com o caldo do *ainame*.

Kai faz uma reverência e desaparece. Deve ter apenas retornado à cozinha, mas Kotoko sente como se ele tivesse se deslocado para o outro lado da névoa matinal.

De novo estão somente ela e o irmão. Chibi dorme na poltrona. Às vezes solta um *nhá* como se estivesse sonhando. Dizem que os gatos sonham igualzinho aos humanos.

Yuito volta a falar:

– O *nikogori* daqui é delicioso. Experimente comê-lo sobre o arroz.

O lindo *nikogori* está posto como uma pedra preciosa sobre a mesa e dá para ver a fumaça subindo do novo prato de arroz recém-cozido.

Aquilo não é hora de pensar em comida, Kotoko se dá conta, mas se sente atraída pelo prato preparado por Kai.

– Se não comer logo, vai esfriar – declara o irmão, apressando-a. Deve ser mesmo muito saboroso, para que ele deseje que ela coma tão rápido.

Kotoko concorda e pega o cubo de peixe translúcido com os hashis.

Está suficientemente firme para não se desfazer, mas tem uma elasticidade suave. Ela o coloca sobre o arroz fumegante.

O *nikogori* é sensível ao calor. À medida que se impregna no arroz recém-cozido, o cubo cintilante vai derretendo e liberando aos poucos a fragrância do caldo.

Os aromas do shoyu, do açúcar e do peixe se misturam e parecem ascender junto ao vapor do arroz.

Com os hashis, Kotoko pega o arroz embebido no *nikogori* e o leva à boca. Nesse instante, o sabor irrompe.

O gosto leve do arroz se entrelaça ao sabor condensado do *ainame*. O gosto do caldo agridoce e do arroz quente se irradia dentro de sua boca enquanto ela mastiga. O *nikogori* semiderretido se dissolve sobre sua língua.

– Num restaurante ruim, às vezes o cheiro do peixe torna a comida intragável, mas aqui é diferente, não é?

– Uhum.

– Porque primeiro é bem cozido com saquê.

O irmão fala como se tomasse os créditos para si. Seu jeito descontraído faz Kotoko relaxar os ombros. Sente-se mais leve. Finalmente sente que pode dizer o que deseja. Ela pousa os hashis e a tigela e se curva diante do irmão.

– Me perdoe.

– Como assim? Por que está se desculpando?

– Pelo acidente.

– Ah... Não foi culpa sua, Kotoko.

Foi, sim. Por tê-la protegido, o irmão acabou perdendo a vida. Se ela não fosse tão descuidada, talvez o acidente tivesse sido evitado. E Yuito estivesse vivo.

Por mais que repita a si mesma que a culpa é do carro que avançou o sinal, sempre se sente culpada. Está traumatizada.

– Não sofra por isso – consola o irmão.

Ele sempre foi gentil e solícito com ela. Kotoko tem muitas recordações boas deles juntos.

Certa vez, quando estava na escola, ela quase se afogou no mar, mas foi salva pelo irmão. Ele também a protegeu do bullying. Ensinou a ela como estudar. Quando ela contou que não conseguia se exercitar nas barras de ferro, ele a levou para treinar no parque. Também foi o irmão quem a ensinou a nadar.

Ele sempre esteve ao seu lado. Sempre a ajudou quando ela mais precisava. Dava forças a ela para que não chorasse.

Mas ele não está mais ali.

Por culpa dela.

– É impossível... – murmura Kotoko.

Apesar do tom sussurrante, sua voz ressoa alto, talvez por serem palavras vindas do fundo do coração.

– Por mais que você diga o contrário, é impossível não sofrer por isso.

– Eu entendo. Deve ser mesmo – admite o irmão.

– O que eu devo fazer daqui em diante? Ela sofre sem parar desde o dia do acidente. Foi até ali em busca da ajuda do irmão. Queria que ele ensinasse a viver num mundo sem ele.

Ao olhar para a mesa, Kotoko percebe que o vapor do arroz que acompanha o *nikogori* está prestes a desaparecer. Pouco antes, Kai trouxe um novo prato, mas devia ser o último. O tempo do irmão neste mundo está acabando.

O irmão permanece calado. Observa em silêncio o vapor se esvaindo. Talvez tenha sido cruel perguntar a uma pessoa morta como viver.

Quando Kotoko acha que o irmão não vai dizer mais nada, ele declara:

– Tenho um pedido para lhe fazer.

Sua voz é calma, porém grave. Ele não parece disposto a responder à pergunta da irmã, e ela entende. Estava errada em pensar apenas em si mesma.

Como se acompanhasse o esfriar da refeição, a imagem de Yuito começa a se desvanecer. Kotoko se prepara para o adeus.

– Pedido? O que é? – pergunta ela.

O irmão a surpreende:

– Quero que você volte aos palcos.

– O quê?!

Ela parece confusa, e o irmão logo reformula o pedido:

– Quero que continue a fazer teatro. Quero que atue nos palcos como atriz. Esse é meu pedido e também a resposta à sua pergunta.

– Resposta à minha pergunta?

– Sim. Você perguntou o que deve fazer daqui em diante, não foi? Dedique-se à carreira de atriz.

Kotoko não entende por que o irmão lhe pediria algo assim. Pensa em contestar, mas o tempo é curto demais para isso.

– Bem, está na hora de voltar.

Yuito se levanta. Está prestes a deixar este mundo. Depois de partir, Kotoko jamais o verá de novo. *Maninho, espere,* ela pensa em dizer, mas a voz não sai. Sua boca não se mexe. Todo o seu corpo está imóvel e o tempo parece estagnado.

Diante de uma Kotoko inerte, o irmão se dirige à saída. Chibi desperta e dá um salto da poltrona onde dormia, caminhando preguiçosamente. Senta-se ao lado da porta e emite um miado com jeito de saudação.

– *Miau.*

O irmão parece entender a linguagem do gato.

– Ah, até mais – responde ele, e abre a porta. *Ding-dong,* a campainha soa. O som já não está mais abafado.

Do lado de fora está tudo branco: mar, céu e praia encobertos pela névoa matinal. Há, no entanto, uma abundância de luz. Como se estivessem dentro de uma nuvem.

O irmão faz menção de sair. Está prestes a desaparecer diante de Kotoko. Ela reúne forças para sussurrar.

– Maninho! – finalmente consegue chamar.

Yuito responde sem se virar:

– Obrigado por vir me ver. Estou zelando por sua vida. Estaremos sempre juntos. Eu estou dentro de você.

Com essas últimas palavras, o irmão sai pela porta, provavelmente voltando para o outro mundo.

Quando deu por si, segundos depois, Kotoko estava de volta ao mundo original.

Tudo lhe parece um sonho. A névoa matinal se dissipou, o antigo relógio voltou a marcar as horas. Chibi está sentado ao lado da porta aberta. O irmão partiu sem fechá-la.

E restam nos ouvidos de Kotoko as palavras do irmão.

Quero que você volte aos palcos.
Quero que continue a fazer teatro.
Quero que atue nos palcos como atriz.
Dedique-se à carreira de atriz.

Será que ele deseja que a irmã faça sucesso no lugar dele? Kotoko só consegue pensar nessa explicação, mas no fundo sabe que não é só isso. O irmão não era do tipo que depositaria seus sonhos em outra pessoa, muito menos forçaria a irmã mais nova a seguir o caminho dele.

Enquanto reflete, Chibi vem até seus pés e mia, perscrutando seu rosto.

– *Miau.*

Seu miado não está mais abafado. Ele encara Kotoko miando de novo, com a voz límpida.

– *Miiau.*

Kotoko sente que ele quer lhe dizer algo, mas, ao contrário do irmão, ela não compreende a linguagem felina. Mesmo assim, ela se volta para Chibi em busca de alguma pista.

– Vamos, me diga. Por que meu irmão falou tudo aquilo?

Chibi não responde, mas ela ouve o ruído de passos se aproximando.

– Trouxe um chá verde.

Kai está de volta. Como de hábito, muito educado e sereno. Coloca a xícara na mesa e se dirige de volta à cozinha.

– Com licença... – Kotoko o chama, fazendo-o parar.

– Pois não?

– Tem algo que eu gostaria de lhe perguntar.

– Fique à vontade.

Kai é a única pessoa no mundo a quem ela pode conversar sobre o que aconteceu. Ela precisa solucionar esse enigma. Quer entender o sentido das palavras do irmão.

– Meu irmão apareceu para mim – revela, e então se põe a contar tudo que acaba de ocorrer. Por fim, pergunta: – Por que ele me diria essas coisas?

Faz-se um silêncio que perdura por um tempo.

Kotoko tem a impressão de que Kai não está surpreso, mas refletindo se deve ou não responder. Talvez ele compreenda Yuito, imagina.

– Por favor, me diga – pede ela.

– O que vou dizer agora é somente minha suposição, tudo bem?

– Sim.

Vendo Kotoko assentir, Kai sugere:

– Será que seu irmão não quer voltar a atuar?

– Hã? Mas quem atuaria seria eu... – começa Kotoko, mas as palavras do irmão lhe cruzam a mente.

Estaremos sempre juntos. Eu estou dentro de você.

Se essas palavras forem verdadeiras, o irmão estará também junto dela quando Kotoko subir num palco.

Talvez ele deseje ver de novo as luzes da ribalta.

Sim, só pode ser isso. É natural que ele ainda se apegue ao

teatro, pois chegou a largar a faculdade para perseguir esse sonho. Claro que ele não ficaria satisfeito num papel de figurante. Ele era o coração da companhia teatral. Ficava sempre no centro do palco.

– Vou voltar a integrar a companhia de teatro – afirma ela.

Não fará isso apenas pelo irmão. Ela secretamente sempre desejou ser atriz e brilhar como Yuito.

E isso servirá também para não se esquecer dele. Quanto mais ela viver, mais distantes ficarão os dias que compartilharam. Mas, se ela atuar nos palcos, ambos ficarão juntos para sempre.

Já não se sente impotente e insegura. Se pudesse, começaria a ensaiar imediatamente.

– Vou voltar a fazer teatro.

Ouvindo a decisão de Kotoko, Kai a incentiva:

– Dê o melhor de si. Eu e Chibi vamos torcer por você.

Chibi abana o rabo, como se concordasse.

Já passa das dez da manhã e é hora de fechar o restaurante. Kotoko foi a única cliente do dia. Quando há uma reserva para uma refeição afetiva, eles provavelmente recusam outras.

Para uma experiência tão exclusiva assim, o preço do prato até que foi razoável.

Kotoko paga a conta e faz uma reverência para Kai e Chibi.

– Obrigada pela comida deliciosa.

Ela abre a porta, que faz soar a campainha, e sai do Chibineko. Um céu azul e um mar refrescante se estendem na paisagem. Os gatos-do-mar andam pela praia com ar entediado. A brisa que sopra é agradável.

– Tome cuidado com seu chapéu – alerta Kai.

Ele veio até o lado de fora para se despedir. Por ser o horário de fechar o restaurante, talvez pretenda guardar o cavalete com a lousa escrita a giz.

Chibi continua lá dentro, obedecendo às ordens de Kai.

– Pode deixar. Vou cuidar para que ele não saia voando por aí – responde Kotoko, e enfia mais o chapéu na cabeça. O chapéu resgatado por Kai.

Bem diante dos seus olhos está o estreito caminho de conchas brancas. Cerca de uma hora atrás, ela encontrou Kai ali por acaso. Foi um encontro transformador.

Foi bom ter vindo a esta cidadezinha.

Foi bom ter visitado o Chibineko.

Kotoko está satisfeita, mas, antes de retornar para Tóquio, deseja fazer outra pergunta a Kai. É preciso um pouco de coragem, mas ela está determinada.

– Posso vir aqui outra vez? Da próxima, para fazer uma refeição comum. – Seu tom de voz é tímido.

Ela teme que Kai ria dela, por querer voltar a um lugar tão distante só para fazer uma refeição simples, mas ele responde com gentileza:

– Claro. Venha sempre que desejar. Estarei com uma comida deliciosa à sua espera.

Ela poderá rever Kai e Chibi.

E aguarda ansiosamente por esse dia.

Namerodon • なめろう丼
Peixe temperado picado servido sobre tigela de arroz

Ingredientes (serve 2 pessoas)
- Carapau, sardinha ou outro peixe que possa ser degustado como sashimi
- Gengibre, cebolinha, folhas de *shiso*, *myoga*, gergelim (a gosto)
- Missô, shoyu (a gosto)
- 2 porções de arroz japonês cozido

Modo de preparo
1. Divida o peixe em três postas e corte em pedacinhos.
2. Com uma faca, pique a cebolinha, as folhas de *shiso* e os demais condimentos.
3. Junte o peixe aos temperos, amassando com as mãos, e acrescente o missô e o shoyu.
4. Sirva numa tigela sobre arroz recém-cozido.

Dicas

Por ser uma comida caseira, você pode usar o peixe e os condimentos de sua preferência. Modere a quantidade de shoyu: é melhor colocá-lo por último para poder ajustar o sabor. Para dar um toque especial, acrescente por cima um *onsen tamago*.

Glossário

Myoga (mioga) é uma planta da família do gengibre, originária do Japão. Com um sabor suave e levemente picante, é usada como tempero ou guarnição.

Onsen tamago é um ovo cozido lentamente a uma temperatura baixa e constante. O resultado é uma clara macia e uma gema cremosa.

Shiso (shissô) é uma erva aromática da família da hortelã. É bastante usada como tempero ou guarnição em diversos pratos da culinária japonesa, como sushi, sashimi e saladas.

O gato preto & o sanduíche do primeiro amor

OVOS • たまご

A avicultura de postura em Chiba está em franco crescimento e em 2018 já era a segunda maior do Japão, com mais de 9 milhões de aves, segundo o site oficial da província.

As aves recebem ração com peixes e algas marinhas, além de legumes, soja e milho, o que confere aos seus ovos um sabor adocicado, rico e ao mesmo tempo suave – perfeito para todo tipo de refeição, incluindo doces e sorvetes.

Na Fazenda Matsunaga, localizada na cidade de Kimitsu, é possível adquirir excelentes ovos de gema laranja-escura.

Terminadas as férias de primavera, Taiji Hashimoto passou para o quinto ano do ensino fundamental. Alguns de seus amigos viviam jogando videogame, mas o garoto estava ocupado demais para isso.

Depois da aula, frequentava um cursinho preparatório. Em casa, dedicava-se às muitas tarefas escolares e cumpria um programa de estudos definido por ele mesmo. Como pretendia cursar o restante do fundamental numa escola concorrida, precisava fazer muitos simulados para o exame de admissão.

Nada disso era estressante para ele, já que não considerava os estudos um fardo. Apesar da rotina cansativa, ele nunca perdia uma aula.

Havia uma nova aluna no cursinho de Taiji. O nome dela era Fumika Nakazato.

Ao se apresentar para a turma, ela explicou que acabara de se mudar. Não mencionou onde estudava antes, mas isso era normal nos cursinhos. Ninguém estava ali para fazer amizades ou falar sobre a própria vida. Alguns alunos ingressavam muito depois do início das aulas, outros paravam de ir de repente. Era impossível conhecer direito cada um deles.

Naquele universo, muitas pessoas não tinham nenhuma relação com Taiji. Ele considerava Fumika uma delas.

Só que algo intrigante aconteceu. No primeiro exame do cursinho, Fumika tirou a segunda melhor nota, apenas três décimos abaixo da dele. Só não igualou sua pontuação em língua japonesa e estudos sociais. Pela primeira vez, tanto na escola quanto no curso, ele via seu primeiro lugar ameaçado.

– Nossa, a Fumika é boa mesmo – as crianças comentavam.

Assim, com o impacto das suas notas excelentes, ela foi ganhando popularidade no curso. Meninos e meninas passaram a prestar atenção nela.

Para Taiji também foi uma surpresa, é claro, e ele passou a notá-la cada vez mais. Embora Fumika se parecesse com uma celebridade que ele adorava, ele nunca havia lhe dirigido a palavra. Era um pré-adolescente, e puxar assunto com meninas não era muito fácil.

No cursinho também havia aula em alguns domingos do mês. Os alunos passavam o dia inteiro estudando para os simulados e almoçavam por lá mesmo. Num desses domingos, Taiji não levou almoço, pois os pais andavam ocupados demais e não puderam preparar nada. Então ele decidiu usar o dinheiro da mesada para comprar pão e um bolinho de arroz *onigiri* numa loja de conveniência. Muitos alunos do cursinho faziam o mesmo. Poucos levavam o almoço de casa.

Talvez justamente por isso, quando ele foi à loja de conveniência no intervalo da aula, seu pão e seu *onigiri* prediletos já estavam esgotados.

Ainda havia o bentô, almoço pronto em marmita, mas, como

ele pretendia comer num banco do parque, não estava a fim de comprar algo tão elaborado e pouco prático.

Por fim, optou por um pacote de biscoitos e café com leite. Não seria exatamente uma refeição, mas ele não se importava. Quando se está estudando e a fome bate, é bom ter à mão algo fácil de comer. Ele se dirigiu até o parque a passos largos, como sempre.

O parque atrás do cursinho era pouco frequentado. Costumava-se ver ali apenas um gato preto, que mais parecia o dono do lugar, e às vezes algum ator ou atriz fazendo exercícios vocais. Nas várias vezes que Taiji almoçara ali, o local estava sempre deserto. Era como se fosse um espaço exclusivo para seu almoço.

Hoje, no entanto, há uma menina no parque. Em vez do gato preto ou de um artista local, quem está ali é Fumika Nakazato.

Ela, que ameaçou a liderança de Taiji nas provas, está sentada num dos bancos. Parecendo disposta a almoçar ali, equilibra um cesto e um pote de sopa sobre os joelhos.

– Só pode ser brincadeira... – sussurra Taiji.

Ele não sabe o que fazer. Nesse parque só há dois bancos e o outro está quebrado. Como não imaginava encontrar alguém, nem cogitou um plano B.

Taiji só consegue pensar em três opções: comer em pé ali mesmo, procurar outro local ou voltar para a sala de aula com o lanche.

– Não vai almoçar? – pergunta Fumika enquanto Taiji hesita.

– Vou... – responde ele, agitado.

Não esperava que ela fosse lhe dirigir a palavra.

Às vezes ele cruzava o caminho das meninas da escola ou do cursinho, mas costumavam não se cumprimentar, fingindo não se ver. Taiji não falava com elas, e elas, por sua vez, não falavam com ele.

Com Fumika, no entanto, está sendo diferente. Como ele permanece calado, ela insiste:

– Pode sentar aqui.

Ela indica o espaço ao lado dela, sugerindo dividirem o banco. A agitação de Taiji se intensifica. Ele pensa em responder que vai comer em pé mesmo, mas não quer ser grosseiro.

– Ah, tá... – responde, fingindo tranquilidade, e se senta ao lado de Fumika.

Logo se arrepende. O banco é pequeno e os dois estão muito próximos. Bastaria estender a mão para tocar nela. Taiji teme que Fumika consiga ouvir o bater descompassado de seu coração.

Dizem que as meninas amadurecem primeiro, e, comprovando essa crença, Fumika parece despreocupada. Ela abre o cesto e faz menção de comer.

Espiando displicentemente, Taiji nota sanduíches dentro do cesto.

Taiji nunca viu sanduíches como aqueles. São diferentes até dos vendidos na loja de conveniência e restaurantes.

Ele deve ter encarado o cesto por tempo demais, pois Fumika acaba lhe oferecendo um sanduíche.

– Pega um. Estão muito bons.

Suas palavras o surpreendem.

– Foi você que fez? – replica ele, instintivamente.

O sanduíche está tão lindo que é difícil acreditar que tenha sido preparado por uma criança.

– Sim. Peguei a omelete que minha mãe preparou e coloquei entre duas fatias de pão.

Sua expressão é levemente risonha. Taiji percebe que ela está brincando.

– Assim não vale! – dispara Taiji, rindo. – Você não fez nada, então.

– Pode ser – afirma Fumika, esboçando um sorriso no rosto sério.

Vendo seu semblante sorridente, Taiji vai mais longe:

– "Pode ser", não. Com certeza.

É a primeira vez que ele fala assim com uma menina, mas, quando ri, seus ombros relaxam. Seu coração continua acelerado, mas de um jeito diferente de antes, ele nota.

– Posso mesmo pegar um sanduíche?

– Pode, sim.

– Obrigado – agradece ele com sinceridade.

Taiji pega o sanduíche e sente o pão fofinho. Ao aproximá-lo da boca, sente o aroma de ovo e manteiga.

– Está uma delícia – comenta, depois de morder.

– Acha mesmo? Vou falar com a minha mãe. Ela vai adorar saber. Obrigada, Taiji.

Por que a mãe dela adoraria saber disso? Por que Fumika agradeceu, se foi ele que ganhou um sanduíche?

Naquele momento, Taiji ainda não sabe o que aquelas palavras significam.

O intervalo do cursinho é breve. Quando eles terminam de comer, faltam apenas dez minutos para o turno da tarde começar.

No pote de sopa de Fumika há um caldo de abóbora do qual

se ergue um vapor com aroma delicioso, mas ela fecha a tampa e o guarda no cesto.

– Não dá mais tempo de comer – declara, como se precisasse se justificar.

Ela se prepara para voltar e, apesar de serem colegas de classe, Taiji fica sem coragem de acompanhá-la. Aparentemente, ela também.

– Vou indo na frente – anuncia ele, e Fumika concorda com um leve aceno de cabeça.

– Tudo bem.

– Até mais...

Ao fazer menção de se levantar do banco, ele percebe de súbito que não tocou no lanche comprado na loja de conveniência. Depois de hesitar um pouco, abre o pacote de biscoitos.

– Pega um biscoito. Você me deu seu sanduíche.

Taiji oferece como uma espécie de agradecimento. Assim que vê o biscoito, no entanto, Fumika parece incomodada.

– Obrigada, mas...

Ela começa a dizer algo, mas Taiji não consegue ouvir. Ele entende a atitude como desfeita e interpreta o semblante de Fumika como irritação. Sente suas bochechas arderem.

Ele não estava se declarando, apenas oferecendo um biscoito, mas a recusa de Fumika o faz se sentir rejeitado.

Eles se sentaram no mesmo banco, brincaram, riram, compartilharam os sanduíches. Parecia que estavam se entendendo bem. Que tinham feito amizade.

Mas ele estava enganado. Bastou lhe oferecer um biscoito para estragar o clima.

Agora ele se sente constrangido. Não fala mais nada, enfia o biscoito de volta no pacote e sai às pressas do parque.

– Taiji...

Ele ouve a voz de Fumika, mas não para.

– E aí, Taiji? Você está namorando a Fumika? Tão logo volta para a sala de aula, é questionado por Tamura, que vai até sua mesa só para provocá-lo. Tamura faz o tipo valentão, não é um garoto sério. Taiji o considera um idiota. Se não gosta de estudar, não deveria desperdiçar tempo e dinheiro indo ao cursinho. Normalmente ele o ignora, mas hoje acaba respondendo. Talvez porque o nome de Fumika foi mencionado.

– Namorando por quê? – retruca.

– Vocês estavam sentados juntinhos no banco do parque, não estavam? – provoca Tamura, todo sorridente.

Então eles foram vistos.

O coração de Taiji bate forte e ele se sente intimidado. É tomado pela lembrança de Fumika recusando o biscoito. Recorda a expressão de atordoamento no rosto dela.

Era só um biscoito, não custava nada ter aceitado, mesmo que fosse só por educação.

Taiji sente raiva e pensa em se queixar com Fumika, mas acaba descontando em Tamura.

– Não enche! É claro que não estou namorando a Fumika. Sentamos juntos por acaso, só isso.

É uma resposta irritada, mas não uma mentira. O problema vem logo em seguida:

– É? – pergunta Tamura. – Então você não gosta da Fumika?

Diante da zombaria, Taiji acaba se excedendo, e fala bem alto:

– É óbvio que não gosto dela. Aliás, eu detesto aquela garota! Ela é ridícula. Odiei ter que falar com ela.

Nesse instante a turma inteira fica em silêncio. Alguns alunos olham para a porta. Fumika está bem ali.

– O problema é seu, cara. Agora se vira – diz Tamura.

Fumika ouviu tudo.

Ele não deveria ter falado aquilo.

Não deveria ter dito que a detestava, que ela era ridícula, que havia odiado ter que falar com ela. Tinha, no mínimo, que pedir desculpas ali mesmo. Taiji não parava de pensar nisso. No entanto, por mais que desejasse se desculpar, a situação o impedia.

A partir do dia seguinte, Fumika não apareceu mais e, após alguns dias de ausência, largou o cursinho de vez. Taiji achava estranho que ela tivesse desistido das aulas por causa do que ele dissera, mas também não descartava essa possibilidade.

Queria entender o motivo do sumiço de Fumika, mas não sabia seu endereço, seu telefone nem seu e-mail. Procurou "Fumika Nakazato" na internet, mas só encontrou outras pessoas com o mesmo nome. Não tinham amigos em comum, então não havia como contatá-la.

Taiji sentia um buraco aberto no peito, mas dias e meses se passaram sem que ele conseguisse desabafar com alguém.

Por fim, as férias de verão chegaram e, com elas, uma rotina ainda mais intensa de estudos para conseguir ingressar no colégio de prestígio. Alguns alunos não conseguiam acompanhar o ritmo das aulas do curso e acabavam desistindo. Tamura foi um deles.

Para Taiji, porém, estudar não era problema. Ele gostava. Suas notas continuavam sendo as mais altas tanto no curso quanto na escola. Alguns o chamavam de CDF para ridicularizá-lo, mas ele não dava a mínima. Ignorava quem ria de seus esforços. Achava uma perda de tempo ter que lidar com essas pessoas.

Não queria apenas passar para um colégio de elite. Queria também ver seu nome na lista geral de primeiros colocados nos simulados, divulgada em conjunto pelos cursinhos da cidade.

Não sabia onde estava Fumika, mas ela certamente olharia essa lista. Afinal, ela também estava no páreo.

Por isso ele se inscreveu em diversos simulados e às vezes precisava pegar o trem para fazer os exames em locais distantes. No fundo, esperava encontrar Fumika em algum deles.

Só que isso não aconteceu. Ela nunca estava lá.

Ela nunca estava nos locais de prova e seu nome jamais constava nas listas de alunos com melhor desempenho. O nome de Taiji aparecia em várias delas, mas ele não sabia se Fumika estaria vendo. Talvez estivesse se esforçando em vão.

Fumika evaporara como fumaça diante de Taiji, como se nunca tivesse existido.

Ele se perguntava se um dia voltaria a vê-la.

Mesmo quando alguém desaparece, o mundo continua a girar. O tempo não para.

O verão terminou e deu lugar ao outono. Ocupado com os estudos, quando Taiji deu por si já era novembro.

Os dias pareciam repetitivos, mas aos poucos várias coisas começaram a mudar.

Por exemplo, quando entrou no sexto ano, Taiji passou a se preparar com ainda mais afinco para os exames de admissão dos colégios de elite. Como a quantidade de alunos aumentou nesse período, o cursinho precisou separar as turmas. Nessa época também tiveram início as entrevistas vocacionais, que costumavam ser conversas entre alunos e professores, mas às vezes os pais participavam. Alunos com bom rendimento eram chamados várias vezes.

Hoje Taiji foi chamado pelo professor do cursinho, que pretende remanejá-lo para uma turma mais avançada. Ele sabe que o menino deseja entrar num dos colégios mais concorridos.

– Você está mantendo um ritmo ótimo, Taiji. Mas é preciso estudar sem perder o foco – aconselha o professor, repetindo as mesmas palavras da entrevista anterior. O homem de 40 e poucos anos está ali desde que Taiji se matriculou.

– Sim, vou me empenhar e manter o foco – responde Taiji, procurando dar por encerrada a conversa. Não que ele não goste do professor, só quer acabar com isso logo.

Mas a entrevista continua.

– Taiji, você está bem? Não se sente mal fisicamente? – indaga o professor, sem rodeios. Aparentemente, está preocupado com a condição física do menino.

– Estou bem.

Não é mentira. Ele se sente em forma. Mas realmente havia emagrecido bastante nos últimos tempos, como resultado da total falta de apetite.

Preocupados, os pais o tinham levado ao hospital, mas não havia nada errado com ele. Seu sofrimento não é físico, mas emocional. Desde o sumiço de Fumika, sente sempre um aperto doloroso no peito. Quando está sozinho, por vezes chora.

Ele não pretende revelar isso ao professor, mas é o mestre quem toca no assunto:
– Bem, deve ser difícil não ter ninguém à sua altura. Se Fumika estivesse aqui, seria uma ótima rival para você.

Taiji se espanta. Não esperava ouvir o nome dela agora. Indiferente ao rosto surpreso do menino, o professor continua, como se pensasse alto:
– Corta o coração quando uma criança morre...
– Hã?

Taiji não compreende.
– Quem morreu?... – ele consegue perguntar, depois de um breve silêncio.

Será que ele ouviu errado? Ou o professor está puxando um assunto aleatório?

O assunto não é aleatório. O professor fala de Fumika.
– Como? Você não sabia? – O homem tem no rosto a expressão de quem falou demais, porém prossegue, respondendo ao menino: – Fumika. Ela morreu.
– Quê?!
– Não se lembra dela? Fumika Nakazato. A aluna que ficou em segundo lugar num dos exames. Ela faleceu.
– Quando foi isso?
– Pouco depois de largar o curso.
– P-por quê?
– Ela estava muito doente...

O professor se põe a falar sobre Fumika, como se finalmente percebesse algo no olhar de Taiji.

E o menino descobre uma Fumika até então desconhecida.

Por serem muito frágeis fisicamente, algumas crianças não podem frequentar a escola. Algumas nem podem sair para brincar e passam a vida no hospital.

Fumika era uma delas. Nasceu com o coração fraco e passou mais tempo no hospital do que em casa. Tinha uma mochila e livros escolares, mas não foi à escola um dia sequer.

Só que o corpo humano tem seus mistérios e, embora a doença de Fumika fosse incurável, havia épocas em que ela se mostrava mais forte. Às vezes até conseguia agir como uma criança saudável.

Tinha avisado aos pais e aos médicos que, pelo menos nesses dias bons, gostaria de ir à escola.

Queria estudar com outras crianças.

Desejava ter amigos.

Ela pedia isso com insistência. Pretendia ir à escola mesmo que uma única vez na vida.

Ela não tinha amigos. As únicas pessoas com quem conversava eram os pais, os médicos e as enfermeiras.

Fumika não se relacionava com as outras crianças internadas na ala infantil. Talvez imaginasse que a maioria delas poderia morrer a qualquer momento e não suportaria a dor da perda.

Os pais compreendiam com o coração partido o sentimento da filha. Lamentavam que ela só conhecesse o hospital e queriam vê-la brincando com crianças da sua idade.

Ir à escola, contudo, seria um fardo muito pesado para ela. Fumika não poderia ir todos os dias, não poderia participar das aulas de educação física.

Por isso os pais pediram a opinião do médico e, depois de muita ponderação, decidiram mandá-la para um cursinho.

Além de ser mais flexível do que uma escola, haveria ali muitas crianças da mesma idade.

– O que me diz? – perguntou o pai a ela.

– Estudar num cursinho deve ser difícil, né? Será que consigo acompanhar? – Fumika parecia preocupada.

– Vai dar tudo certo – disse o pai, esperançoso.

Embora não fosse à escola, Fumika já estudava em casa e no hospital. Tinha seus livros didáticos e fazia cursos à distância. Mas os pais sabiam que seu sonho era ir à escola.

No fim das contas, Fumika ficou feliz por poder frequentar o cursinho. Era um desejo realizado, ainda que pela metade.

– Será que vou ter amigos? – indagou aos pais e ao médico, alegre mas um pouco ansiosa.

Ela disse que adoraria fazer amizades, mesmo que apenas uma. Queria poder conversar, rir, dividir um lanche.

Vendo-a assim, os pais se seguraram para não chorar. Porque estavam cientes de que a vida da filha não seria longa.

Depois da conversa com o professor, Taiji sentiu o peito ainda mais dolorido. Terminada a entrevista, ele correu para o banheiro e chorou dentro de uma cabine.

A imagem de Fumika estudando no hospital, ansiosa para poder frequentar o curso, atravessou a mente de Taiji.

E eu falei coisas horríveis sobre ela.

Disse que detestava uma menina doente.

Magoei uma pessoa que só queria fazer amigos.

Me perdoe, me perdoe, ele se lamentava. Mas era tarde demais.

– Me perdoe...

Por mais que se desculpasse, suas palavras não alcançariam Fumika.

Taiji aprendeu que, na vida, algumas coisas jamais podiam ser desfeitas.

Agora ele está voltando para casa.

Quando passa pelo parque, ouve palavras estranhas, sons que parecem um encantamento.

Gozonjinaikataniwa, shoshinno kosho no marunomi, shirakawayofune, saraba ichiryu tabekakete, sono kimiai wo omeni kakemasho.

Uma moça de seus 20 anos pratica exercícios vocais e trava-línguas *uirouri*.* Há uma companhia teatral ali perto e de vez em quando os artistas ensaiam no parque.

Ao lado da moça há um gato preto, visto com frequência por ali. Sua pelagem é bonita e lisa. Deve ser macho. Tem um jeitão atrevido.

O gato permanece sentado com os olhos fixos na moça enquanto ela recita o *uirouri*. Sua expressão denota a altivez de quem está supervisionando uma aula.

– *Miauu* – solta ele ao ver Taiji.

Nesse instante, a moça interrompe seus exercícios e olha para o menino.

---

* *Uirouri*, ou *O mascate de remédios*, é uma peça de teatro kabuki encenada pela primeira vez em 1718. As falas do personagem são ágeis e de difícil pronunciação, sendo usadas até hoje por atores como exercício vocal.

– Ah, se não é o Taiji!

É Kotoko Niki. Ele a conhece desde que se entende por gente e, durante um breve período, ela foi sua professora particular. O irmão de Kotoko morreu num acidente de trânsito cerca de três meses atrás. Ela ficou muito deprimida, mas parece ter se recuperado. Taiji ouviu dizer que agora ela anda fazendo teatro profissional. Parece ter entrado para a companhia.

Taiji não quer atrapalhar seu exercício, mas Kotoko pergunta, sem parecer incomodada:

– Está voltando do cursinho?

– Estou, sim.

– Que dureza, não?

– Nem tanto.

Ao responder, ele nota que o rosto de Kotoko lembra um pouco o de Fumika. Basta isso para as lágrimas transbordarem. Taiji desata a chorar.

Mais lágrimas rolam agora do que quando ele estava no banheiro, e ele se dá conta de quanto a situação é constrangedora. Não consegue conter os soluços.

Kotoko arregala os olhos, espantada com a súbita explosão de tristeza.

– O que houve? – pergunta ela, preocupada.

– Ela m-morreu... – responde Taiji, aos prantos.

Assim que termina de falar, seus soluços se intensificam. Entre lágrimas, ele conta tudo sobre Fumika.

Taiji se despede de Kotoko e volta correndo para casa.

Os pais ainda não chegaram do trabalho. Talvez haja um lanche pronto para ele, mas o menino nem abre a geladeira. Vai direto para o quarto e começa a pesquisar no celular.

Restaurante Chibineko.

O pequeno bistrô que Kotoko mencionou. Segundo ela, está localizado em Uchibo, na província de Chiba.

Ele relembra a conversa que tiveram no parque.

– Você conhece comida afetiva? – perguntou Kotoko depois de ouvir o relato de Taiji.

Era a primeira vez que ele ouvia aquela expressão. Parecia saída de um mangá ou de um romance.

– Nunca ouvi falar.

– Quando se come uma refeição afetiva do Chibineko, às vezes é possível ouvir a voz de um ente querido.

– Um ente querido?

– Sim. No meu caso, foi meu irmão.

– Mas ele não mor...

O irmão dela tinha morrido num acidente de trânsito, disso ele sabia.

– Sim, ele morreu. Mas pude conversar com ele. Eu me encontrei com ele no Chibineko.

– Mas como...?

Taiji engasgou com as palavras, sem saber como reagir. Estava atônito quando Kotoko prosseguiu:

– Talvez você não acredite, mas é verdade.

Não era mesmo uma história verossímil, mas Taiji acreditou nela. Ele queria acreditar que havia um lugar em que se podia conversar com os mortos. Assim ele poderia falar com Fumika.

– *Miauu* – fez o gato preto para Taiji e Kotoko, e saiu do parque abanando o rabo.

Vou para casa, era como se tivesse anunciado. Era um gato de estimação e talvez estivesse voltando para os tutores. Depois de ver o bichano partir, Kotoko perguntou, com a expressão de quem se lembrava de algo repentinamente:
– Taiji, você não tem problema com gatos, tem?
– Como assim?
– Não é alérgico?
– Não.
– Não tem medo?
– Não...
– Então não há problema – disse Kotoko, sorrindo aliviada.
– Por quê?
– Porque tem um gato no Chibineko.

– Se você for até lá, é melhor ir acompanhado dos seus pais. Se quiser, posso ir com você.

Kotoko sugeriu isso após dar todas as explicações, mas Taiji não pretendia ir com ela, muito menos com os pais. Decidiu que, se fosse, iria sozinho. E não contaria para ninguém.

Ele pegou o número de telefone do restaurante e, antes de ligar para fazer uma reserva, decidiu dar uma busca na internet. Mas o estabelecimento não tinha site e não era mencionado em nenhuma reportagem. A única referência ao nome vinha de um blog pessoal, o diário de uma mulher hospitalizada. O título do blog usava uma fonte que parecia ser escrita a giz: **Comida Afetiva do Chibineko**

O contador de acessos mostrava que o número de visitantes era muito baixo.

Taiji se viu atraído por esse blog provavelmente porque Fumika também estivera internada num hospital. Sentiu que havia coisas importantes escritas ali.

Ao ler o conteúdo da primeira página, teve a impressão de que a dona do blog devia ser um pouco mais velha do que sua mãe.

Meu marido desapareceu vinte anos atrás.

Foi pescar no mar e sumiu.

As pessoas acreditam que tenha acontecido um acidente e por isso ele não regressou.

"É impossível que esteja vivo, é melhor desistir", foi o que a polícia e os pescadores locais me disseram. Porém eu nunca desisti.

"Eu vou viver mais do que você, jamais te deixarei sozinha", meu marido me disse quando nos casamos. Ele me fez essa promessa.

Eu acredito em suas palavras. Ele nunca partiria antes, nunca deixaria a mim e ao nosso filho para trás.

A mulher não tinha desistido. Para ganhar a vida, abrira um bistrô e dera a ele o nome de Chibineko, porque na época tinha um gatinho chamado Chibi. Era um nome fofo para um restaurante, mas pouco convencional.

Só que a razão para o Chibineko não ter ido à falência não fora seu nome curioso, mas seu menu.

Se eu consegui ganhar a vida com o restaurante, foi graças à comida afetiva, à kagezen.

Taiji também pesquisou sobre isso no celular. A palavra *kagezen* tem dois significados. Um deles é a refeição oferecida a uma pessoa ausente. O outro, uma refeição para o luto dos mortos, por vezes preparada em velórios e cerimônias fúnebres. Esta segunda acepção, apesar de não ser a original, parece ser a mais corriqueira. Taiji vira uma refeição assim preparada no funeral de um parente.

Além de atender aos pedidos dos clientes, a mulher preparava a *kagezen* rezando pelo marido. E assim foi conquistando fregueses que desejavam prestar respeito aos mortos mesmo não sendo em velórios.

Ela chamava esses pedidos de "refeições afetivas". Perguntava quais lembranças a pessoa falecida tinha deixado para trás e preparava os pratos para evocar recordações.

Taiji seguia lendo o conteúdo do blog.

Coisas inacreditáveis aconteciam ali.

A cada vez que eu dedicava meu coração ao preparo de uma refeição afetiva, as lembranças do ente querido reviviam e às vezes o cliente podia ouvir sua voz. Houve casos em que o cliente até se encontrou com a pessoa falecida.

Mas tudo isso não passa de rumores.

Eu mesma nunca vi nem ouvi nada.

Aparentemente, o milagre só acontecia com as pessoas que comiam a refeição afetiva. A própria dona do restaurante não tivera essa experiência.

Mas Taiji acreditava que, se comesse a refeição afetiva, poderia reencontrar Fumika.

Algo o incomodava, no entanto. O blog não era atualizado havia algum tempo. A última postagem era do mês anterior. Ele não sabia que doença levara a mulher a ser hospitalizada, mas se perguntava se ela estaria bem fisicamente. Ou teria apenas se cansado de escrever no blog?

Decidiu parar de fazer suposições e telefonou para o restaurante. Antes mesmo do terceiro toque, um jovem atendeu:

– Chibineko. Em que podemos ajudar?

Uma voz suave. Não parecia uma pessoa assustadora. Aliviado, Taiji informou o assunto:

– Gostaria de fazer uma reserva de refeição afetiva...

Ele estava um pouco nervoso por nunca ter feito reserva num restaurante. Talvez a recusassem por ele ser só um menino, mas tudo correu bem.

– Certo – foi a resposta.

Vou poder encontrar Fumika. Enquanto pensava nisso, o jovem do outro lado da linha continuou:

– Você é Taiji Hashimoto, não é?

Taiji se espantou.

– Como é que você sabe?

Ele ainda nem havia se identificado. Mas o jovem logo explicou:

– A Srta. Niki comentou sobre você.

Então Kotoko talvez tivesse telefonado ou mandado mensagem para o restaurante. Taiji não encarou isso como uma intromissão. Graças a ela, a conversa transcorria com tranquilidade.

– Sim, eu me chamo Taiji Hashimoto – confirmou, efetuando a reserva.

O restaurante só funcionava pela manhã, mas isso não era problema. Era bem melhor do que ir até lá à noite.

Quando já estava prestes a desligar, o jovem perguntou em tom apressado:

– Temos um gato no Chibineko. Você não tem nenhum tipo de alergia, tem?

— Não tenho. Por mim tudo bem – respondeu com naturalidade, já que Kotoko o havia alertado sobre o felino.

Assim, ficou decidido que ele iria no domingo seguinte.

Chega o domingo.

Taiji pensa em ligar para Kotoko, mas acaba decidindo não falar nada. Acha melhor ir sozinho.

— Hoje tenho simulado – mente para os pais.

De fato há uma prova, mas ele não pretende ir. Os pais não duvidam de suas palavras. Confiam no filho.

— É mesmo? Boa sorte!

Além da torcida, ele recebe o dinheiro para a passagem de trem e para o almoço. A quantia, porém, não é suficiente. A província de Chiba fica bem mais longe que o local do simulado e o almoço também seria mais caro. Taiji sai de casa levando na carteira o dinheiro que guardou da mesada.

Seu destino é uma cidadezinha litorânea da província de Chiba. Fica a cerca de uma hora e meia da estação de Tóquio. Taiji pesquisou direitinho pelo celular como chegar lá. Será bem mais simples do que pegar o metrô na cidade.

A estação de Tóquio está cheia de gente, e ele pega o trem sem hesitação. Taiji escolhe se sentar na extremidade de um longo banco, longe das outras pessoas.

Pensa em continuar lendo o blog no celular, mas desiste, temendo ficar sem bateria num local desconhecido. Sentado, adormece. Talvez por ansiar tanto se encontrar com Fumika, não dormiu direito.

Ainda sonolento, ele chega à estação de destino. Quando

dá por si, o vagão está totalmente vazio. Todos parecem já ter desembarcado.

Ele desce do trem e, parado na plataforma, não sente o cheiro do mar. Apesar de ser uma cidadezinha costeira, não se vê o oceano.

Fica apreensivo, achando que pode ter descido na estação errada, mas confirma o nome numa placa.

Acho que estou no lugar certo, pensa, passando pela catraca e se dirigindo ao ponto de ônibus, que fica bem em frente à estação, fácil de achar.

O ônibus chega no horário previsto. É do tipo antigo, que só aceita dinheiro. Foi bom ele ter trazido alguns trocados no bolso.

Ao subir, encontra apenas dois passageiros idosos. Parecem ser um casal.

O ônibus parte, anunciando o destino pelo alto-falante. Cerca de cinco minutos depois, o casal idoso salta num grande hospital.

Taiji, agora o único passageiro, também não fica muito tempo no ônibus e desce três paradas à frente. Está um pouco tenso. Nunca tinha passado por uma experiência assim.

A viagem foi longa, mas o Chibineko agora está perto, a alguns minutos de caminhada. É o que indica o mapa no seu celular.

Se estivesse em Tóquio, ele ficaria com medo de se perder, mas está confiante. Um rio flui, servindo de referência. É o rio Koito, que deságua na Baía de Tóquio. Seguindo reto por esse caminho, chegará à orla. O Chibineko fica à beira-mar.

– Falta pouco – anuncia em voz alta. Não há mais ninguém por perto e ele ri por estar falando sozinho. – Em breve nos encontraremos.

Ele espera rever Fumika. Sente um aperto angustiante no peito, mas caminha pela estrada que margeia o rio procurando não pensar nisso.

O mar está realmente perto. Depois de andar menos de cinco minutos, consegue avistá-lo. Nesse instante, ouve a voz de um animal.

– *Miaao... Miaao...*

Imagina ser um gato, mas o som está vindo do alto. Quando ergue os olhos, Taiji vê um pássaro grasnando em voo.

– *Umineko?* – sussurra, em dúvida.

Já tinha ouvido falar dessa ave e de seu grasnido. Ele interrompe a caminhada e procura no dicionário do celular.

UMINEKO (gaivota-de-rabo-preto, também conhecida como gato-do-mar): Ave da família dos larídeos, natural das ilhas ao redor do Japão. Tem o corpo branco, com asas e dorso azul-acinzentados. Sua voz se assemelha à de um gato.

Na internet, Taiji descobre que essas aves são da mesma família da gaivota comum, mas sua voz é diferente. As gaivotas emitem guinchos e a cor do seu bico é outra. Quase todas as gaivotas têm bico exclusivamente amarelo, enquanto os gatos-do-mar têm bico com padrão tricolor: amarelo, preto e vermelho. Observando bem as fotos, ele consegue notar as diferenças.

– Então esta é a cidade dos gatos-do-mar – sussurra, devolvendo o celular ao bolso e recomeçando a caminhar pela margem do rio Koito.

É uma cidade calma demais, pensa. O caminho ao longo do

rio é aterrado e margeado por residências antigas e pitorescas, mas sem sinal de habitantes. Não há carros nas ruas. Ouvem-se apenas as aves, que parecem miar.

Em determinado ponto da caminhada, o rio vira mar e ele nota o aroma marinho e o ruído das ondas. O grasnido dos gatos-do-mar se intensifica.

– Nossa! – exclama Taiji, a areia deserta se estendendo diante dos seus olhos. – Parece uma praia privativa.

Para Taiji, nascido e criado em Tóquio, a praia se alongando a perder de vista é uma visão rara. Ele anda pela areia sem marcas de pegadas humanas. Avançando um pouco, chega a um caminho branco, coberto por conchas.

– Acho que posso pisar aqui... – sussurra para si mesmo.

Fica intrigado com a brancura das conchas, mas sabe que está no lugar certo. Seguiu o mapa à risca.

Caminha com cautela pela borda da estradinha até avistar uma construção.

Finalmente chega.

Ali deve ser o Chibineko.

Taiji corre até lá.

Não há letreiro, mas ao lado da entrada há um pequeno cavalete emoldurando uma lousa escrita a giz:

Chibineko
Preparamos refeições afetivas

E, embaixo, uma pequena nota:

Temos um gato que vive aqui.

A mensagem é decorada com o gracioso desenho de um gatinho.

– Será que posso entrar?

Ele nunca esteve num restaurante com aspecto tão adulto. É diferente dos estabelecimentos e praças de alimentação que frequenta com os pais. Tem a impressão de que crianças não deveriam entrar ali. Decidiu vir sozinho ao Chibineko, mas agora se sente intimidado. Afinal, é só uma criança.

– E agora?... – murmura para ganhar tempo, sem saber se deve ou não entrar no bistrô.

Enquanto decide, ouve uma voz vindo de trás do cavalete.

– *Miaau.*

Dessa vez não é um gato-do-mar. Ele vê um gatinho branco e marrom. O bichano espia Taiji, sentado à sombra do quadro de madeira.

Será o tal gato que vive ali?

Ele nota à primeira vista que deve ser um gato macho, pelo seu ar travesso. Quando pensa em falar com ele, a campainha da porta soa. *Ding-dong.* A porta se abre e de dentro sai um jovem.

O rapaz usa óculos femininos e tem um rosto de celebridade. É bonito, de aspecto gentil.

– Você é Taiji Hashimoto, não é? – pergunta o jovem com uma voz educada que lhe soa familiar. É a voz que atendeu quando Taiji ligou para fazer a reserva.

– S-sim.

Ouvindo a resposta de Taiji, o jovem se apresenta.

– Obrigado pela reserva. Prazer em conhecê-lo. Eu me chamo Kai Fukuchi.

Embora aliviado por não ter sido enxotado dali, Taiji está

tenso por falar com um adulto. É a primeira vez que se sente tão bem tratado por um desconhecido.

– Bem... É... – Taiji subitamente se engasga com as palavras.

– Está tudo preparado. Faça o obséquio de entrar – incentiva Kai sem nenhum sinal de zombaria.

Ele abre a porta e a campainha soa de novo: *ding-dong*. Mostra-se gentil como os mordomos nos mangás.

Taiji pensa em agradecer, mas o gatinho responde mais rápido que ele:

– *Miaau* – dispara com a voz melosa, olhando para Kai.

A cena é tão fofa que Taiji relaxa, mas Kai nem ao menos sorri.

– Você não pode sair, esqueceu? – Kai repreende o gato como quem ensina uma lição.

Até com o bicho ele fala de um jeito educado. Kotoko, que lhe indicou o bistrô, também se expressa com polidez, mas Kai a supera.

– *Miiau* – assente o gatinho. Depois, com o rabo em riste, entra no bistrô com ar de dono. Não parece nem um pouco constrangido por ter levado uma bronca.

Kai suspira e faz uma vênia para Taiji.

– Esse é o Chibi, mascote do restaurante. Desculpe por isso.

– Tudo bem...

– Bem-vindo ao Chibineko. Entre, por gentileza – pede Kai, como que querendo recomeçar com o pé direito.

– Com licença – diz Taiji o mais educadamente possível, e entra no bistrô logo atrás de Chibi.

O que primeiro chama sua atenção é a grande janela, que se abre para uma linda paisagem.

Vê-se logo em frente o oceano, sobrevoado por gatos-do-

-mar. Por ser baixa temporada ou muito cedo pela manhã, não há ninguém na praia. O ruído contínuo das ondas é reconfortante aos ouvidos.

O interior do bistrô é pacífico e Taiji é o único cliente. Num dos cantos, um antigo relógio faz *tic-tac-tic-tac*.

Ao lado do relógio há uma poltrona onde Chibi já se encontra deitado, todo enroscado. Deve ser seu local predileto. Ele dorme tranquilamente.

Kai parece ser o único funcionário. A mulher do blog não está por ali. Não há outros clientes e, depois de acomodar Taiji no assento, Kai vai para a cozinha.

– Aguarde um pouco, por favor, que já trago a comida.

Como não há TV no local, Taiji fica sem fazer nada. Mesmo assim, não pensa em olhar o celular. Observa Chibi dormindo e a paisagem pela janela.

Passados dez minutos, Kai regressa da cozinha.

– Desculpe por fazê-lo esperar.

Numa bandeja, ele traz sanduíche e sopa.

– Foram esses os pratos solicitados? – pergunta Kai, depositando sobre a mesa duas porções.

Taiji olha para os pratos. No sanduíche não há presunto ou queijo. É um simples sanduíche de ovo, mas diferente dos que ele costuma comer. Kai anuncia o nome dos pratos:

– Sanduíche de omelete e caldo de abóbora.

Era exatamente o que Fumika comia no parque. No sanduíche há uma grossa camada de ovo cozido. Do caldo de abóbora se ergue um doce aroma.

Chibi, agora desperto, contrai o focinho como se atraído pelo aroma da comida.

– *Miaau* – mia em súplica.

Dizem que gatos pequenos gostam de sabores adocicados. Talvez ele esteja de olho no ovo e na abóbora.

– Sim, isso mesmo – confirma Taiji, aprovando os pratos.

– Experimente, por favor.

Taiji pega o sanduíche.

– *Miaau.*

Taiji ouve um miado vindo de seus pés. Baixa os olhos e vê que Chibi se aproximou sem que ele percebesse. O bichano parece mesmo querer um pedaço do sanduíche, mas deve ser melhor não lhe dar comida humana.

– Desculpe – diz para o gato, e pega o sanduíche.

A grossa camada de omelete entre as fatias de pão deve ter uns 5 centímetros de altura e é bem pesada. Ainda está quente.

Até Fumika lhe oferecer um, ele nunca tinha visto um sanduíche como aquele, mas, pesquisando na internet, descobriu que é uma receita famosa.

Segundo sua pesquisa, esse sanduíche foi criado por uma antiga cafeteria japonesa e ganhou popularidade após aparecer em revistas e programas de TV.

Taiji se recorda daquele dia: Fumika sentada no banco do parque, o cesto sobre os joelhos.

O sanduíche, a sopa de abóbora.

A comida afetiva.

Se comer o sanduíche, ele poderá se encontrar com Fumika. Seu coração acelera. Sente ao mesmo tempo vontade de vê-la e de fugir dali.

– *Miaau* – solta Chibi como se quisesse apressá-lo. Parece querer dizer ao visitante: "Se não comer logo, vai esfriar."

– Certo, entendi – responde Taiji ao gatinho, e, apreensivo, morde o sanduíche.

O sabor do pão doce e aromático se espalha no interior de sua boca. Está levemente tostado, untado na manteiga. Só pelo cheiro, já é delicioso.

Mordendo mais, ele chega ao recheio, uma grossa camada de ovo com bastante mostarda e maionese.

O cheiro da manteiga, o aroma do pão e a leve doçura do ovo se entrelaçam com a maionese e a mostarda. A camada de ovo, mais grossa que o pão, parece derreter boca.

Taiji suspeita que seja a comida mais gostosa que experimentou desde que Fumika desapareceu.

De repente, porém, ele para. Fica decepcionado. Devolve o sanduíche ao prato e diz a Kai:

– Não é esse.

O sanduíche é diferente do que ele ganhou de Fumika naquele dia. A aparência é idêntica, mas o sabor do ovo, apesar de semelhante, não é o mesmo. Bastaram duas mordidas para perceber.

A prova disso é que, mesmo comendo o sanduíche, ele não ouviu a voz de Fumika e tampouco a viu se materializar na sua frente. Não pode ser uma refeição afetiva.

– *Miaau...*

O miado de Chibi denota preocupação, mas o semblante de Kai continua inalterado.

Os adultos, para não reconhecerem o próprio fracasso, tentam silenciar as crianças com seus argumentos, por isso Taiji imaginou que Kai diria algo. Mas ele não contesta.

– Era o que eu imaginava – sussurra Kai para si mesmo. Pelo seu jeito de falar, ele parece convicto.

O que será que ele quer dizer com isso? Taiji pensa em retrucar, mas Kai se adianta:

– Peço desculpas. Por favor, aguarde mais um pouco.

Kai faz uma reverência e, sem esperar a reação de Taiji, volta para a cozinha. Chibi o observa afastar-se de costas. Suas orelhas se mexem ligeiramente, aparentando surpresa.

O próprio Taiji está surpreso. Imaginou que Kai se enfureceria por ter sua comida recusada por uma criança, mas a atitude dele foi gentil. É um jovem bonito que usa palavras atenciosas não só com crianças, mas também com gatos.

– Seu dono não é um pouco esquisito? – pergunta Taiji ao gatinho.

– *Miiau* – mia Chibi, concordando.

Como Taiji suspeitava, o gato parece entender a linguagem humana. No fim das contas, é um bichano esquisito também.

Kai volta cerca de dez minutos depois. Coloca a comida sobre a mesa e, como se nada tivesse acontecido, declara:

– Com licença, aqui está.

– Aqui está?... – A voz de Taiji é seca. Ele está mal-humorado. Ao ver o novo sanduíche e o caldo de abóbora colocados sobre a mesa, ele protesta: – São os mesmos de agora há pouco, não são?

Ainda não é o sanduíche certo. Embora ele tenha expressado isso claramente, Kai trouxe a mesma comida.

– Não. O prato agora é outro.

– O quê?

– Você vai entender quando experimentar, mas talvez esse sanduíche seja a sua verdadeira comida afetiva – declara Kai com firmeza.

Taiji ainda não entende o que aquelas palavras significam. Pensa estar sendo enrolado por ter pouca idade, mas o rosto de Kai se mantém circunspecto. Embora tenham acabado de se conhecer, ele não parece o tipo de adulto que enganaria uma criança.

– *Miau* – mia Chibi, concordando com o pensamento de Taiji. Parece pedir a ele um voto de confiança em seu tutor.

"Eu pude falar com meu irmão falecido", dissera Kotoko. Taiji a conhece há muito tempo e sabe que ela não é uma pessoa mentirosa. Ele foi até ali confiando nas palavras dela e por isso decidiu acreditar até o fim.

Ele olha mais uma vez para o novo sanduíche e, por mais que o observe, não percebe nenhuma diferença em relação ao anterior. Parecem exatamente iguais. Mesmo assim, decide comê-lo.

– Vou experimentar – afirma num sussurro, e pega o sanduíche de omelete. – Hã? – deixa escapar. O sanduíche está diferente, mais pesado, mais fofinho ao toque. – O que é isso?

Olha para Kai em busca de uma explicação que não vem.

– Coma enquanto está quente – ele se limita a dizer.

Taiji acha mesmo que é melhor comer logo para tirar a prova.

– Tudo bem.

Ele põe o sanduíche na boca e, no instante em que o morde, entende com clareza.

É o mesmo sanduíche daquele dia.

É o sanduíche que Fumika lhe ofereceu.

Seu paladar recorda. As palavras de Fumika ecoam em seus ouvidos.

Não vai almoçar?

Pega um. Estão muito bons.

Taiji sente os olhos arderem. Está prestes a chorar, mas não quer fazer isso na frente de uma pessoa que acabou de conhecer.

Ele devolve o sanduíche ao prato e esfrega os olhos com a

manga da camisa. Com força. Faz isso várias vezes para conter as lágrimas e ergue o rosto. Então sua visão fica turva.

De início, atribui a visão embaçada ao fato de ter esfregado os olhos. Pisca várias vezes, mas de nada adianta.

Olhando ao redor, Taiji percebe que o mundo mudou. A cena é outra. Todo o bistrô está coberto por uma névoa branca, como se estivesse dentro de uma nuvem.

Kai, que deveria estar de pé ao lado da mesa, desapareceu. Também não se ouvem os ruídos das ondas, o miado dos gatos- -do-mar e o *tic-tac* do relógio antigo. Os ponteiros estão parados. Será que o relógio pifou?

Mais do que achar tudo aquilo estranho, Taiji se sente sozinho no mundo.

O que eu faço agora?

Sentindo-se perdido, ouve um miado aos seus pés.

– *Miaau.*

É Chibi. Do chão, ele observa o rosto de Taiji. O menino não está sozinho, afinal. Chibi está logo ali.

Ele se sente aliviado, mas a voz de Chibi está esquisita. Parece abafada.

– Seu miado está estranho... O que...? – começa, mas, para sua surpresa, sua voz também está abafada.

Há algo muito esquisito acontecendo, mas não em sua garganta ou seus ouvidos.

– O que é isso? – sussurra Taiji, enfiando a mão no bolso. Pensa em pesquisar no celular. Talvez haja alguma explicação no portal de notícias ou nas redes sociais.

No entanto, a tela do celular está apagada. Mesmo apertando o botão para ligar, o aparelho não funciona.

– O que está acontecendo?

Taiji sente uma solidão profunda e olha para Chibi em busca de consolo.

O gatinho permanece imóvel.

– *Miau* – mia ele para Taiji, e começa a se afastar, dirigindo-se à porta.

Será que pretende sair?

Olhando pela janela, tudo está ainda mais branco do que no interior do restaurante. Mais que uma neblina, parece que alguém lança fumaça de gelo seco. Taiji acha melhor não sair.

Pensa em ir atrás de Chibi quando ouve um *ding-dong*. A porta se abre e uma pequena silhueta entra. É uma menina.

– *Miau* – faz Chibi, dando as boas-vindas. Parece ter sido para isso que foi até a entrada.

– Obrigada – agradece a menina ao gatinho.

Sua voz também está abafada, mas é uma voz conhecida, assim como seu rosto. No instante em que ela entra no bistrô, Taiji a reconhece.

Há muito ansiava por reencontrá-la e finalmente o momento chegou. Mas, por causa do choque, sua voz não sai. Apesar de acreditar em milagres, fica mudo e paralisado.

– Taiji, há quanto tempo! – comenta a menina.

É Fumika Nakazato.

Sua imagem está um pouco desfocada, mas é ela. Sua voz e seu rosto são os mesmos de quando era viva.

Ela se dirige a Taiji.

– Obrigada por vir se encontrar comigo.

Taiji é incapaz de responder. Apesar de ter ido até ali para vê-la, não está preparado emocionalmente para conversar com ela.

– *Miau* – mia Chibi, encarando Taiji com jeito de quem quer incentivá-lo.

Depois se afasta, retornando para a poltrona ao lado do antigo relógio. Parece ser de fato seu local predileto.

– Posso sentar? – pergunta Fumika a Taiji.

Quando ele dá por si, ela já está do outro lado da mesa, diante da refeição afetiva.

– Uhum, essa cadeira é... – ele tenta dizer, mas sua garganta está seca e a voz não sai direito.

– Ah, tá bem. Você fez o pedido?

– Bem, acho que sim...

– Obrigada.

Fumika puxa a cadeira e se senta, voltando a falar enquanto olha para o sanduíche de omelete e o caldo.

– Vamos comer antes que esfrie.

– Vamos.

Taiji pega o sanduíche e o leva à boca. Ainda está morno. O sabor também não foi perdido, talvez por estar untado na manteiga. O pão continua aromático.

Taiji sente o olhar de Fumika sobre si. Apesar de ter sugerido que comessem juntos, ela não toca no sanduíche ou na sopa. Está sentada imóvel na cadeira. Achando estranho, Taiji a questiona:

– Não vai comer?

– Estou comendo.

– Como assim?

– O vapor é minha comida.

– O vapor é a comida?

– Para ser mais precisa, é o cheiro. Quando a gente morre, não pode mais comer nada deste mundo.

Ela explica que essa é a razão de se colocar incenso nos altares e túmulos. A fumaça do incenso é o alimento dos mortos.

– Ah... – faz Taiji.

– Quando a comida esfria, não é possível mais sentir o cheiro. Por isso eu só posso ficar aqui até a comida esfriar.

– É mesmo? Então... você vai desaparecer?

– Não desaparecer exatamente, mas vou retornar para o outro mundo.

Em outras palavras, eles têm pouco tempo.

– Podemos voltar a nos ver? – pergunta ele.

– Acho que não. Hoje talvez seja o último dia em que poderemos nos encontrar.

– O último...?

Chocado, Taiji volta a olhar a comida afetiva sobre a mesa. O sanduíche já não está quente a ponto de emitir vapor como antes.

Experimenta tocar na tigela e percebe que o caldo de abóbora ainda está quente, mas logo esfriará. É quase novembro e os dias não estão mais tão quentes assim.

O tempo passa rápido e, se ele não agir logo, tudo chegará ao fim. Em breve o presente se tornará um passado que nunca voltará. A vida e o tempo são únicos.

Ele não quer se despedir sem dizer nada.

Não quer mais sentir remorso.

Não quer viver o resto da vida arrependido.

Por isso diz:

– No dia em que você me ofereceu o sanduíche, eu falei coisas idiotas e quero me desculpar por isso.

Ele finalmente consegue colocar para fora o que sente. Consegue se desculpar com Fumika. Mas isso não é tudo. Há algo mais que ele quer dizer. Um sentimento que deseja transmitir. É para isso que está ali.

Taiji reúne toda a coragem possível e começa a primeira confissão de sua vida:

– Aquilo tudo que eu disse era mentira. Falei que não gostava de você, mas não era verdade.

Tenso, sua voz embarga. O coração bate forte e ele se sente sufocado. Envergonhado, não consegue encarar Fumika. Mesmo assim, prossegue e abre seu coração:

– Eu gosto de você. Sempre gostei, Fumika. E continuo gostando.

Eu gosto mais de você do que de qualquer outra pessoa. Na verdade, eu te amo.

Ele se sente leve por conseguir revelar seus sentimentos. Mas ainda tem medo da reação dela.

Ele olha timidamente para o rosto de Fumika.

Ela está chorando.

– Me desculpe por chorar assim de repente.

– Ah, tudo bem. Não precisa se desculpar.

– Sabe... – diz Fumika. – Naquele dia, foi um choque enorme ouvir que você me detestava. Fiquei muito triste. Agi normalmente, mas ao chegar em casa eu chorei tanto que minha mãe se preocupou. Deve ter pensado que eu estava passando mal. Como eu sempre dou trabalho para ela com meus problemas de saúde, quis evitar que ela pensasse o pior e abri meu coração. Contei a ela que você havia dito que não gostava de mim.

Fumika para de falar por um momento. Seus olhos estão úmidos, mas ela já não chora. Segue encarando Taiji enquanto confessa:

– E minha mãe riu de mim. Afirmou que eu estava enganada. Disse que "detestar" era o mesmo que "gostar". Falou que você provavelmente gostava de mim. Isso me deixou feliz. Eu sabia que não viveria muito tempo. Não que os médicos ou outras pessoas tivessem me dito isso, mas a gente pressente essas coisas. Pensei que nunca me tornaria adulta, que nunca amaria ou seria amada por alguém. Pensei na brevidade da minha estada neste mundo e que logo eu morreria. Pensei no desperdício que era ter nascido. Para falar a verdade, também pensei em acabar com tudo. Cogitei morrer antes que a doença se agravasse, antes de sofrer mais, antes de causar ainda mais transtornos aos meus pais. Antes disso, porém, queria ir à escola, mesmo que uma única vez. Queria ser uma menina normal. Queria estudar e almoçar junto com todos os colegas. Queria ter amigos, mas tinha desistido porque provavelmente não teria a chance. Como conseguir se eu estava doente? Sabe, quando a gente fica doente, se torna muito egoísta e logo desiste das coisas. Não tem jeito. No fim das contas, não pude ir à escola, mas fui ao cursinho. Foi ali que conheci você.

Olhando para Taiji, Fumika prossegue:

– Olha... Como é a última vez que a gente vai se ver, vou confessar. Eu gostei de você desde o início. Você é um menino estudioso, gentil, legal. Você foi meu primeiro amor! Por isso, quando mamãe disse que no fundo você gostava de mim, fiquei radiante. É incrível gostar de alguém e ser correspondido, não é?

Fumika faz outra pausa e continua a falar:

– Tem outra coisa que eu queria te contar. Eu ia te dar uma caixa de bombom pra mostrar como gostava de você... Mas não tive tempo. Antes disso, meu peito começou a doer, desmaiei e fui levada ao hospital numa ambulância. E foi assim que eu morri. Morri antes de te contar. Sou uma boba, não sou? Talvez até tivéssemos o mesmo sentimento um pelo outro.

Lágrimas começam a escorrer dos olhos de Taiji e os soluços escapam. Ele tenta em vão se segurar. Chora e soluça incontrolavelmente. Estar com Fumika é maravilhoso, mas ao mesmo tempo muito triste.

Fumika, que já partiu deste mundo, parece ainda mais triste que Taiji. Com certeza é bem mais difícil para ela. Taiji limpa as lágrimas com o dorso da mão, engole os soluços e tenta a todo custo parar de chorar.

Não chore, não chore, não chore, repete inúmeras vezes para si mesmo, até que de alguma forma engole os soluços e contém as lágrimas. Tenta dizer palavras doces para Fumika. Quer lhe falar que o sentimento é recíproco.

Todo o seu esforço, no entanto, cai por terra quando escuta Fumika dizer:

– Ei, mas agora eu e você estamos tendo um encontro, não estamos?

Incapaz de se conter, Taiji desata a chorar novamente. Cobre o rosto com as mãos e, mesmo se debulhando em lágrimas, assente inúmeras vezes. Pensa que esse será o primeiro e último encontro romântico com ela.

É um momento de partir o coração, mas ele não pode chorar para sempre. O tempo deles é limitado. Quando o caldo de abóbora esfriar, Fumika vai desaparecer deste mundo. Restam poucos minutos.

Fumika deve pensar o mesmo. Espera Taiji se acalmar um pouco e pergunta, como se recomeçassem a conversa:

– Taiji, você tem sonhos para o futuro?

– Tenho, sim. Quero ser médico.

É por isso que ele quer tanto entrar para um bom colégio. Pela primeira vez revela a alguém esse sonho. Não conversou sobre isso nem com os pais, nem com os professores do cursinho. Imaginava que, se desejasse realmente ver seu sonho realizado, seria melhor mantê-lo em segredo.

Quanto maior o sonho que se tem, mais as pessoas o chamam de "impossível". Há até quem caçoe dos sonhos dos outros, e lidar com gente assim é desgastante.

Para Fumika, no entanto, Taiji revela seu sonho. Sente que pode se abrir e tem vontade de fazê-lo.

– Taiji, você com certeza vai se tornar médico! – Fumika não está zombando dele. Assente com o rosto sério e diz: – Depois que se formar, você vai curar muitas pessoas.

Sim, esse é seu verdadeiro objetivo. Mesmo que não consiga ingressar numa boa universidade, quer se tornar médico para salvar vidas.

Enquanto assente, Taiji pensa que, se tivesse nascido dez, vinte anos antes, talvez pudesse curar a doença de Fumika. Nesse caso, porém, não teria se apaixonado por ela. Mas que diferença isso faria?

Se houvesse um Deus e Ele lhe permitisse escolher, Taiji não hesitaria em nascer vinte anos mais cedo. Desejava salvar Fumika. Queria que ela vivesse.

As lágrimas que quase haviam cessado voltam a brotar. Nesse momento, Chibi, que deveria estar dormindo na poltrona, se manifesta:

– *Miau*. – Aos ouvidos de Taiji, isso soa como "Não é hora de ficar choramingando".

Ao olhar para a mesa, Taiji nota o caldo de abóbora quase frio. O momento mágico está chegando ao fim.

Vendo o vapor prestes a desaparecer, Fumika começa suas palavras derradeiras:

– Quer saber qual é meu sonho para o futuro? Digo, qual era meu sonho antes de morrer?

– Quero, sim – assente Taiji, mas sabe que será difícil ouvir.

– Eu... queria me casar. Ser uma boa mãe, como a minha foi para mim.

Taiji imagina Fumika adulta, preparando aqueles sanduíches de omelete para os filhos e sorrindo de felicidade.

– Agora isso é impossível – lamenta ela.

O tempo de Fumika parou. Ela não se casará, não se tornará mãe. Será para sempre uma aluna do quinto ano do ensino fundamental. A imagem de Fumika adulta lentamente se esvai da mente de Taiji. É um sonho intangível.

– Por isso – prossegue ela –, decidi que, daqui em diante, meu sonho será que você se torne médico. Tudo bem?

– Claro – Taiji tenta dizer, mas já é tarde.

Quando percebe, a imagem de Fumika está se desfazendo.

Às pressas, Taiji toca no caldo de abóbora, completamente frio. Entende que seu tempo com Fumika chegou ao fim. E ouve dela as palavras de despedida:

– Preciso ir. Obrigada por ter vindo me ver, Taiji. Obrigada por ter conversado comigo. Adeus.

Taiji não enxerga mais a silhueta de Fumika, mas sabe que ela está acenando para ele.

Está irremediavelmente triste, prestes a chorar de novo, mas cerra os dentes, segurando as lágrimas. Força um sorriso e acena de volta.

– Adeus – consegue dizer sem desmoronar, despedindo-se de seu primeiro amor.

Chibi salta da poltrona e corre para o lado da porta.

– *Miau* – dispara para o vento. É sua saudação de despedida.

Ding-dong.

A campainha soa, a porta se abre e logo se fecha de novo. Taiji e Chibi veem Fumika partir. Por um tempo, espiam imóveis a porta.

Fumika não está mais ali. Foi para um lugar inalcançável. É só disso que Taiji tem certeza.

Com a partida de Fumika, o mundo volta ao que era antes. A névoa se dissipa e os ponteiros do antigo relógio começam a se mover. Agora se ouvem novamente os ruídos das ondas e o grasnar dos gatos-do-mar. Chibi, próximo à porta, volta para a poltrona ao lado do relógio.

Taiji toca o próprio rosto e percebe que está seco. Apesar de ter chorado muito, não há vestígios de lágrimas.

Terá sido um sonho? Por vezes sonhamos acordados. Talvez ele tenha tido um sonho que desejava muito tornar realidade.

De todo modo, foi bom. Ainda que não tenha sido real, ele pôde ver Fumika.

No assento à sua frente está a porção extra de sanduíche de omelete e sopa. A refeição afetiva de Fumika, intocada e fria.

Kai reaparece e coloca sobre a mesa uma xícara de chá.

– Chá verde para depois da refeição – anuncia, curvando a cabeça.

Ele está prestes a voltar para a cozinha quando Taiji revela:

– Consegui falar com Fumika.

– Isso é ótimo – assente Kai.

Ele não parece surpreso. Afinal de contas, ali é um restaurante onde milagres acontecem.

– Posso perguntar uma coisa? – pede Taiji.

– Claro, fique à vontade.

Taiji pensa em indagar por que os mortos aparecem, mas suspeita que Kai apenas responderia "Não sei". Além disso, agora já não é tão importante buscar explicações. Ele se encontrou com Fumika, e isso bastava.

Prefere fazer outra pergunta:

– Qual a diferença entre os dois sanduíches?

Ele ainda está cismado com isso. Os pratos pareciam idênticos, mas não eram. Tanto que Fumika não apareceu depois de ele ter comido o primeiro sanduíche.

Sem nenhum sinal de arrogância, Kai responde:

– O pão era outro.

– O pão?

– Sim. O primeiro pão foi feito com farinha de trigo, enquanto o segundo era sem glúten. Era um pão de farinha de arroz.

Taiji conhece a expressão "sem glúten". Em lojas de conveniência e supermercados, há produtos com essa indicação nas embalagens.

Alergia a trigo, sensibilidade ao glúten... Alguns de seus parentes e colegas de turma sofrem com isso. Ele também já ouviu falar dessa condição na TV e na internet. Em algumas pessoas, a farinha de trigo provoca dor de cabeça, diarreia, vômito, coceira na pele, entre outros sintomas. Por isso, costuma-se usar a farinha de arroz como alternativa.

– O sanduíche de Fumika Nakazato foi feito com pão de farinha de arroz – afirma Kai.

– Mas... como você sabe disso?

Nem o próprio Taiji, que provou o sanduíche de Fumika no parque, sabia que tinha sido feito com farinha de arroz.

– Porque a Srta. Niki me contou.

– Kotoko sabia do que o pão era feito? – pergunta Taiji, achando estranho. Será que Fumika e Kotoko se conheciam?

– Não. A Srta. Niki não sabia, eu acho.

– Então como...

– Os biscoitos.

– Como?

– Ela me falou sobre os biscoitos.

– Ah... Então talvez...

– Sim. Isso mesmo.

Taiji se lembra de ter se sentido rejeitado quando Fumika recusou seu biscoito no parque. Pelo visto, não tinha nada a ver com ele.

– Ela não podia comer o biscoito porque era feito de farinha de trigo – explica Kai.

Naquele dia, Taiji tinha saído correndo do parque sem nem ao menos ouvir o que Fumika tinha a dizer. E depois ainda falou mal dela. O culpado sempre foi ele, por ter se precipitado e magoado Fumika.

– Claro que estou apenas supondo – esclarece Kai. – Pode muito bem não ter sido nada disso.

Então era por isso que ele tinha servido um pão com farinha de trigo inicialmente. Mas como Fumika não apareceu, ele compreendeu que deveria ter usado farinha de arroz.

Agora tudo fazia sentido para Taiji. Se ele tivesse se mantido tão calmo quanto Kai, não teria partido o coração de Fumika.

– Por favor, fique à vontade para tomar seu chá. – Kai faz uma reverência antes de voltar para a cozinha.

Taiji abaixa a cabeça e morde o lábio. Ouve o miado de Chibi, mas não consegue olhar em sua direção.

A única coisa que lhe vem à mente é Fumika.

Memórias se perdem, mas ele jamais se esquecerá dela. Mesmo nos seus últimos momentos de vida, ele com certeza se lembrará de Fumika.

Porque ela é seu primeiro amor.

E o primeiro amor é inesquecível.

Sanduíche de omelete feito no micro-ondas
レンジで作る厚焼き玉子サンド

Ingredientes (serve 1 pessoa)
- 2 ovos
- 1 colher (sopa) de maionese
- 1 colher (chá) de *shiro dashi*
- 1 colher (chá) de água
- 2 fatias de pão de fôrma

Modo de preparo
1. Num recipiente, misture bem a maionese, o *shiro dashi* e a água.
2. Em outro recipiente, bata bem os ovos.
3. Misture os ovos batidos aos demais ingredientes numa tigela pequena própria para micro-ondas.
4. Envolva a tigela em filme de PVC e leve ao micro-ondas por 1 minuto. Depois, continue aquecendo de 30 em 30 segundos, até que se forme uma massa fofa.

5. Toste as fatias de pão até o ponto desejado e insira entre elas a grossa camada de omelete.

Dica

Se desejar, passe manteiga ou mostarda no pão tostado para deixá-lo ainda mais saboroso.

Glossário

Shiro dashi é um tipo de caldo japonês concentrado, feito principalmente de *dashi* (caldo base de peixe e alga *kombu*), molho de soja branco e *mirin*. É usado como base para sopas, molhos e ensopados, proporcionando um sabor umami suave e levemente adocicado. De cor clara, acrescenta sabor aos pratos sem alterar sua coloração.

O gato tigrado de patas brancas & o arroz de amendoim

AMENDOIM • 落花生

Cerca de 8% da produção de amendoim em todo o Japão provém da província de Chiba. No dia 11 de novembro se comemora o Dia do Amendoim, época de sua colheita. Entre as guloseimas mais populares vendidas no país estão a Peanuts Monaka, da doceria Nagomi-Yoneya, e a Rakkasei Dacquoise, da doceria Orandaya.

Kotoko se recordava do dia em que fora ao Chibineko. Sentia-se perdida, sem forças para continuar vivendo, quando visitou o restaurante e conheceu Kai e o gatinho Chibi. Quando comeu a refeição afetiva, pôde se reencontrar com seu falecido irmão. *Tenho um pedido para lhe fazer*, dissera ele. *Quero que você volte aos palcos.*

Kotoko não entendeu de imediato a razão desse pedido, e seu irmão retornou ao outro mundo sem dar mais explicações. Quem solucionou o enigma foi Kai: *Será que seu irmão não quer voltar a atuar?*

E depois a incentivou: *Dê o melhor de si. Eu e Chibi vamos torcer por você.*

Ao ouvi-lo, ela percebeu quanto desejava fazer teatro. Saindo do restaurante, foi direto ao encontro de Kumagai para pedir que a aceitasse na companhia. Ela não queria mais ser uma figurante esporádica; queria receber papéis importantes, como o irmão.

– Você é livre para vir aos ensaios, mas, se quiser seguir os passos de Yuito, terá que batalhar para conquistar os papéis que deseja – foi a resposta dele.

Palavras duras, mas ao mesmo tempo gentis. Era como se ele estivesse esperando que Kotoko confirmasse seu desejo de entrar para a trupe.

– Por favor, quero muito ser atriz – respondeu Kotoko, encarando Kumagai.

E foi assim que ela ingressou oficialmente na companhia.

Os ensaios eram puxados, e ela era apenas uma atriz amadora. Não tinha muito vigor físico nem técnica vocal. Kumagai muitas vezes gritou com ela, que costumava terminar o dia totalmente esgotada.

Contudo, não cogitou desistir. Estava confiante, sentindo que avançava pouco a pouco. Sabia que o irmão zelava por ela e a motivava e, nos momentos difíceis, ela se recordava das palavras de Kai: *Eu e Chibi vamos torcer por você.*

Empenhou-se para além dos ensaios. Frequentava a academia para melhorar a postura e fazia exercícios vocais. Repetiu inúmeras vezes o *uirouri* num parque dos arredores.

E, assim, um mês se passou e a data do primeiro espetáculo foi marcada. Talvez por se tratar de uma companhia pequena, Kotoko conseguira um papel com falas. Era sua peça de estreia. Sua vida estava prestes a mudar.

E seus pais também mudaram. Eles haviam se tornado apáticos desde a morte do filho, mas, quando Kotoko anunciou que atuaria na peça, o semblante deles se iluminou.

– Que tipo de peça?

– Você tem muitas falas?

– Preparou o figurino?

– Quem mais vai estar na peça com você?

Depois de cobrirem a filha de perguntas, por fim eles lhe disseram:

– Estaremos lá torcendo por você.

– Com certeza. Estamos ansiosos.

Na mesma hora, o pai anunciou que compraria os ingressos. Kotoko compreendeu o tanto que eles aguardavam uma oportunidade de se reerguer. Na realidade, talvez ansiassem que a filha se reerguesse.

Porque Kotoko também ficara apática após a morte do irmão. *Era melhor eu ter morrido.*

Sobrevivi, mas sou uma inútil.

Esses pensamentos eram recorrentes, mas os pais esperavam com serenidade que a filha saísse do fundo do poço.

– Vou colocar os ingressos no altar – disse Kotoko, levando lágrimas aos olhos dos pais, que assentiram sorrindo.

– Yuito certamente ficará feliz – sussurrou o pai.

Kotoko e sua mãe acolheram essas palavras juntando as mãos em oração em frente ao altar da família. Estavam contando a novidade a Yuito.

A passagem do tempo é cruel, confina tudo ao passado. Mas o tempo também cura feridas.

Kotoko foi ao mercado e comprou um *ainame*, que cozinhou para o jantar daquela noite. Não seria capaz de cozinhar tão bem quanto Kai, mas o preparou com bastante saquê e gengibre, como o irmão fazia.

Quando o aroma de saquê e gengibre preencheu o ar, ela adicionou shoyu e açúcar. Depois usou o caldo para preparar o *nikogori* e cozinhou o arroz numa panela de barro bem quente.

Quando terminou, arrumou quatro lugares à mesa e distribuiu as porções para os pais, para si e para o irmão. *Kagezen* à moda Kotoko.

Comeram em família o *ainame* cozido, saboreando-o com o *nikogori* sobre o arroz fresquinho. Depois falaram saudosamente sobre Yuito por muito tempo. Enquanto conversavam, Kotoko e os pais não contiveram as lágrimas.

O irmão não apareceu nem se ouviu sua voz.

Hoje é a única vez que poderei vir a este mundo. Quando eu partir, provavelmente jamais poderei retornar. Ou conversar com você.

Tinha sido isso que o irmão anunciara no Chibineko. Eram palavras verdadeiras.

Embora não pudessem voltar no tempo, Kotoko e os pais se esforçavam para seguir em frente.

Isso também se devia a Kai Fukuchi. Sua comida e suas palavras deram a Kotoko uma oportunidade de se fortalecer. Era por isso que ela queria convidar Kai para assistir à sua peça. Queria que ele a visse como uma atriz de verdade.

Chegou a telefonar para ele uma vez, para comentar sobre um menino da vizinhança que estava muito aflito e a quem ela indicara o Chibineko. Ela havia se oferecido para acompanhá-lo, mas sabia que o menino acabaria indo sozinho, então achou melhor deixar Kai avisado. Ouviu de novo sua voz gentil um mês após sua visita:

– Restaurante Chibineko. Desculpe a demora.

Misturado a essa voz ela ouviu um miado. Era Chibi. Também ouviu ao fundo o ruído das ondas e o grasnido dos gatos-do-mar.

Com essa imagem na mente, ela explicou toda a situação.

– Entendi – disse Kai. – Taiji Hashimoto, correto? Vou me encarregar desse assunto. Agradeço pelo telefonema.

E a conversa se encerrou assim. Como naquele momento a peça ainda não estava confirmada, ela não o convidou. Ligaria de novo em outra oportunidade.

A companhia de teatro era pequena, então a plateia se resumia aos familiares e amigos dos atores. Quando Yuito era vivo, alguns fãs apareciam às vezes, mas agora só havia rostos conhecidos. Por via das dúvidas, após um ensaio ela informou a Kumagai que convidaria Kai Fukuchi.

– Kai Fukuchi? Quem é?

– É o rapaz que trabalha no Chibineko.

– Ah, sim... – Kumagai assentiu, como quem puxava da memória. – O filho dos proprietários.

– Os pais dele também trabalham lá? – perguntou Kotoko, surpresa.

Ela só tinha visto Kai e o gatinho. Não havia sinais de mais ninguém ali.

– A mãe dele, sim. Acho que comentei que a dona do restaurante é uma mulher.

Kotoko havia se esquecido disso por completo. Na época, ela só pensava no encontro com o irmão.

– Nanami não estava lá? – indagou Kumagai.

– Não. Quando eu fui estavam apenas Kai Fukuchi e o gato.

– Ah, é? Lembro que ela escrevia um blog.

– Um blog?

– Sim. O blog do restaurante. Aquele lugar tem história... Bem, é mais fácil você mesma ler. Faz um tempo que não entro na página. Será que ela ainda escreve? – refletiu ele, como se falasse sozinho, e informou a Kotoko o nome do blog.

Kotoko não levava jeito com tecnologia e praticamente não usava o computador. Mesmo assim, ligou o aparelho naquele dia ao voltar para casa e, pesquisando, logo encontrou o tal blog: *Comida Afetiva do Chibineko*. Tinha muitas postagens: fotos do oceano, dos gatos-do-mar em Uchibo, do restaurante e uma de Chibi sentado ao lado do cavalete na entrada. Na foto, ele estava menor do que quando Kotoko o vira. Ela quase conseguia ouvi-lo miar.

Será que ela encontraria no blog a história mencionada por Kumagai?

Kotoko passou os olhos nos títulos das postagens mais recentes, listadas na barra lateral. Apesar de ter sido atualizado praticamente uma vez por semana durante anos, o blog não recebia um novo post havia dois meses.

Kotoko ficou incomodada. Sentia que algo havia acontecido.

Apreensiva, ligou para o Chibineko. Queria ouvir a voz de Kai.

Porém ninguém atendeu a chamada. A ligação nem mesmo caiu na caixa postal. A linha apenas chamava ininterruptamente. Ela não sabia o número do celular do rapaz e, ainda inquieta, desligou.

– E agora, o que eu faço? – questionou-se por um instante, mas logo se decidiu.

Vou até lá.

Avisou aos pais e saiu às pressas de casa a caminho da estação. Ainda não tinha anoitecido. Indo naquele horário, chegaria à cidadezinha litorânea antes do cair da noite.

Na estação de Tóquio, ela pega o vagão de primeira classe de um trem expresso. É o mesmo vagão de dois andares que pegou da última vez.

O andar de cima está lotado, mas há assentos livres no de baixo. Ela se senta junto à janela com o celular na mão. Pretende ler o blog da mãe de Kai. A viagem vai demorar um pouco. Não terá tempo suficiente para ler tudo, então decide começar pelo post mais antigo.

Começamos a preparar refeições afetivas.

Esse é o título do primeiro. O marido de Nanami – o pai de Kai – era pescador, mas depois do nascimento do filho passou a trabalhar numa siderúrgica local. Foi numa época em que não era mais possível viver só da pesca.

Mas ele não conseguiu se afastar do mar que tanto amava e ia pescar em sua pequena embarcação sempre que tinha folga na siderúrgica. Por ter sido pescador profissional, tinha licença para conduzir barcos.

Certo dia, o pai de Kai avisou que iria pescar um peixe para o jantar e não regressou.

Meu marido até hoje não voltou do mar.

É isso que está escrito no blog. O paradeiro dele era desconhecido. Não se sabia se estava vivo ou morto. E vinte anos se passaram desde então.

O salário na siderúrgica não era ruim e o homem não era de esbanjar, então acumulara uma boa poupança. Também vendera por uma bela quantia os terrenos de seus antepassados, valorizados graças à construção de uma rodovia expressa na Baía de Tóquio.

Nanami, portanto, não passava dificuldades financeiras, mas

também não poderia viver sem trabalhar – e nem viveria, se pudesse, pois não era seu estilo. Por isso reformou a casa onde morava e abriu ali o Chibineko.

Mas havia uma outra razão para cozinhar, além da mera subsistência.

Comecei a preparar *kagezen* orando pelo meu marido.

Essa *kagezen* foi a origem das refeições afetivas. Talvez os sentimentos de Nanami pelo marido tenham provocado o milagre. Pessoas que haviam morrido começaram a aparecer.

Quem cozinhou uma refeição afetiva para Kotoko não foi Nanami, mas Kai. Será que ele está cozinhando em memória do pai que não vê desde criança? A resposta está numa postagem de outra data.

Até eu receber alta do hospital, meu filho estará à frente do restaurante.

Então Nanami está internada. Por isso não aparece no Chibineko. Kai certamente prepara as refeições afetivas orando para que a mãe volte para casa com saúde.

Mas em nenhum outro post há menção ao que aconteceu com Nanami ou ao seu atual estado.

Enquanto ela lê o blog em busca de pistas, o trem chega à estação. Agora, no vagão de Kotoko só resta ela. Ao pisar na plataforma, ela percebe que o sol já se pôs. A noite está caindo.

O Chibineko é um restaurante matutino que fecha às dez da manhã, pensa Kotoko. *Talvez não haja ninguém lá agora.*

Ainda assim, ela não para. É melhor agir do que se arrepender depois.

Deixando para trás a estação deserta, dirige-se ao terminal da saída sul e, sem esperar por um ônibus, pega um táxi. Quer chegar quanto antes.

Sem trânsito, o táxi não demora nem quinze minutos para chegar à orla. Ela desce em frente à praia e segue a passos largos o estreito caminho de conchas.

Os dias em novembro são curtos e durante o trajeto de táxi anoitece por completo. Mas não está totalmente escuro, graças ao luar.

Ela ouve o barulho das ondas, mas não o grasnido das aves marinhas, das corujas e dos socós-dorminhocos. É uma noite em que todas as criaturas do mundo parecem estar adormecidas. Seus passos lhe parecem ruidosos demais, mas não há tempo para se lamentar. Acelera a caminhada.

Logo avista o Chibineko, mas suas luzes estão apagadas. Por estar fora do horário de funcionamento, não é estranho que esteja fechado, mas por algum motivo ela tem a impressão de que o restaurante fechou para sempre.

Não há ninguém aqui, pensa. *Kai e Chibi parecem ter ido embora.*

A vida separa as pessoas, não tem jeito. Despedidas sempre acontecem.

Ela pensa no irmão e na menina que foi o primeiro amor de Taiji. Pessoas queridas que nunca mais serão vistas.

Será que ela nunca mais verá Kai e Chibi também?

Kotoko se sente esmagada pela ansiedade, mas logo percebe que não se trata de uma despedida. Enquanto se aproxima com passos hesitantes, um som familiar penetra em seus ouvidos.

Ding-dong.

Uma porta se abre. Sob o luar, ela vê uma silhueta saindo do bistrô. Não há dúvida: é Kai.

Ding-dong. A campainha soa outra vez. Kai fecha a porta e passa a chave. Parecendo estar de saída, vira-se na direção de Kotoko e se surpreende.

– Srta. Niki?

Nunca poderia imaginar que ela fosse aparecer nesse horário. Kotoko também se surpreende. Não imaginou que ele fosse sair daquele lugar todo apagado.

– Ah... É... Boa noite... – ela mal consegue articular as palavras.

– Boa noite – responde Kai, ainda atônito.

Faz-se um silêncio incômodo, e Kotoko é a primeira a quebrá-lo.

– Li o blog da sua mãe – comenta ela, sem saber o que dizer depois.

É tarde demais para voltar atrás, mas também não pode sair perguntando sobre a mãe internada de Kai. Estão se vendo apenas pela segunda vez.

O que estou fazendo?, ela se arrepende, mas agora já está dito. Espera calada a reação de Kai.

– Ah, é? – sussurra ele. – O funeral dela foi na semana passada – informa, numa voz calma e inexpressiva.

Kotoko se vê incapaz de responder. Embora no fundo previsse algo assim, é doloroso ouvir essas palavras. Ela permanece calada, sem conseguir sequer expressar condolências.

– Se você veio para uma refeição – diz Kai –, peço desculpas, mas decidi fechar o Chibineko. Vou me desfazer do restaurante e ir embora da cidade.

A intuição de Kotoko estava certa, afinal.

– Se leu o blog, você deve entender. Com a morte da minha mãe, não há mais motivo para preparar *kagezen*. Ele não diz "refeições afetivas", mas *kagezen*. Kai certamente cozinhava orando pela recuperação da mãe. A figura materna é preciosa para qualquer pessoa. Deve ser ainda mais para ele, que foi criado apenas por ela.

Kotoko, que perdeu o irmão, compreende o choque que a morte da mãe deve representar para Kai. Ele deve estar sentindo o coração vazio. Foi o que aconteceu com ela.

– Estou justamente indo preparar a última *kagezen* – anuncia Kai, tentando pôr fim à conversa. – Com licença. – Ele inclina a cabeça numa reverência e começa a caminhar.

Ao passar ao lado de Kotoko, ela nota suas costas encurvadas. Kai está ali, mas parece muito distante. Ela não vai deixá-lo partir sozinho.

– Posso acompanhar você? – pergunta num impulso.

Ela se surpreende com as próprias palavras. O fato de ter aparecido fora do horário comercial e ainda pedir algo assim a faz se sentir como uma esposa vigiando os passos do marido. Suas faces coram, felizmente disfarçadas pela escuridão da noite.

Kai para de andar e olha para trás, mas não é possível decifrar sua expressão contra o luar. Ele apenas responde docemente:

– Tudo bem. Venha comigo, por favor.

E assim Kotoko começa a caminhar com Kai pela noite à beira-mar.

Kotoko caminha alguns passos atrás dele. Ele está de mãos vazias. Apesar de ter dito que estava indo preparar a última *kagezen*, não está carregando ingredientes ou utensílios de cozinha. Chibi também não está com ele. Será que o gatinho ficou no restaurante?

Além disso, por que ele vai cozinhar à noite, se o restaurante é matinal? Por que está sem óculos? Para onde planeja ir após encerrar as atividades do Chibineko?

Kotoko tem vontade de perguntar tudo isso, mas se contém. O momento não é adequado e ela acha que vai acabar obtendo as respostas em breve. Kai também não explica nada. Em silêncio, os dois atravessam a praia e chegam à estrada que margeia o rio Koito.

Não avistam mais o mar, apenas a areia deserta. A cidadezinha está calma como de costume. As luzes das residências estão apagadas. Nem todas estão vazias, mas delas não se ouvem conversas nem aparelhos de TV. Ali há bem menos iluminação pública do que em Tóquio, onde Kotoko mora. É preciso se guiar apenas sob o luar.

Caminhando, chegam a uma rua exclusiva de pedestres à beira do rio. Ela leu sobre esse lugar no site da cidade.

A área verde costeira conta com cerca de 720 pés de cerejeira, que, quando florescem, compõem com o rio uma linda paisagem.

Além das cerejeiras há flores de colza, hortênsias e cosmos. A flor de colza, aliás, é o símbolo da província de Chiba.

Por ser novembro, as cerejeiras e as flores de colza não estão em floração, mas os arredores da ponte estão iluminados e a luz se reflete lindamente na superfície das águas. Parece existir outra cidade no fundo do rio.

A certa altura o ruído das ondas deixa de ser ouvido. Olhando para trás já não é mais possível avistar o Chibineko.

Depois de caminhar por alguns minutos, Kai deixa a rua

principal e pega um caminho secundário, sem iluminação. Ao segui-lo, Kotoko perde de vista o rio Koito e a noção de onde estão. É a primeira vez que ela caminha por essa cidade. Estranhamente, porém, não sente medo. Com Kai ao seu lado, não há por que temer. Só por estarem juntos já se sente segura. Pensa até que poderia continuar andando assim para sempre.

Mas o tempo a sós com Kai logo termina. Cinco minutos depois, ele para e aponta em direção à escuridão.

– Vou cozinhar *kagezen* naquela casa.

Sob o luar vê-se uma velha residência ao estilo japonês. Ao lado há uma plantação, também escondida na penumbra.

– É um campo de amendoins – informa Kai.

Amendoins são uma especialidade da província de Chiba. Doces como Peanuts Monaka, Rakkasei Pie e Peanuts Sablé são muito populares entre os turistas e podem ser comprados pela internet ou em quiosques nas estações de trem.

Apesar disso, a produção de amendoim está em declínio e sua área cultivada no Japão parece ser dez vezes menor do que era em 1965, em parte devido à importação mais barata de outros países. O número de produtores de amendoim na província de Chiba também é cada vez menor.

O proprietário da casa que eles vão visitar, Yoshio Kurata, tem 81 anos. É o único filho de um casal de agricultores. Antes das Olimpíadas de Tóquio, na década de 1960, sua família produzia amendoins que ganharam o título de "os mais gostosos da cidade". Docerias e restaurantes faziam fila para comprá-los.

Yoshio, porém, não assumiu os negócios da família. Seus pais queriam que ele trabalhasse numa firma, porque, segundo eles, amendoim não dava futuro a ninguém.

Naquela época não se podia contestar os pais e, assim, tão logo se formou na escola, Yoshio começou a trabalhar. Após um tempo numa construtora local e numa oficina de automóveis, foi contratado por uma siderúrgica.

Essa siderúrgica fora construída em 1965 sobre um aterro marítimo. Era uma grande empresa, símbolo do Japão.

E, no fim das contas, Yoshio não tinha feito má escolha. Seus pais continuaram o trabalho no campo, mas, em virtude da concorrência com os amendoins importados, o negócio se tornara inviável. Por mais que produzissem amendoins deliciosos, sofriam pressão dos compradores e não obtinham lucros.

Quando Yoshio completou 30 anos, a família se desfez da maior parte da plantação. Mantiveram apenas o campo ao lado da casa, onde eles produziam amendoim só para consumo próprio. O amendoim outrora considerado o mais gostoso da cidade desaparecera do mercado.

– Sabia que um dia isso aconteceria – disse o pai de Yoshio, desanimado.

Os meses se passaram e Yoshio se casou. Sua esposa se chamava Setsu e era quatro anos mais nova que ele. Era um casamento considerado tardio naquela época, mas os pais se alegraram.

A família voltou a sorrir. Setsu trabalhava com os sogros no campo. Quando Yoshio estava de folga, se juntava a eles. Colhiam os amendoins e os comiam em família.

– Nossos amendoins não são uma delícia? – perguntava o pai de Yoshio, orgulhoso, e Setsu assentia vigorosamente.

– Tão gostosos que dá até pena de comer – dizia ela.

Os sogros riam da resposta espirituosa de Setsu, e ela também achava graça das próprias palavras. Com algum atraso, Yoshio também sorria.

Yoshio e Setsu não tiveram filhos, mas se divertiam juntos. Formavam uma família feliz.

Desejavam que esses momentos durassem eternamente, mas era impossível. Há um limite de tempo na vida de qualquer pessoa. Antes de Yoshio e Setsu completarem dez anos de casados, os pais dele adoeceram e ficaram acamados por anos antes de falecer.

Depois do funeral dos pais, Yoshio disse a Setsu:

– Me perdoe.

Quando se deu conta, ele já estava com mais de 45 anos. O tempo passara sem que tivessem formado uma família.

Apesar de realmente sentir muito, nem ele sabia por que pedia perdão. Seria por não ter podido dar um filho a Setsu ou por ela ter cuidado dos sogros idosos?

Se ela perguntasse "Por que você está se desculpando?", ele teria dificuldade para responder. Mas Setsu não perguntou. Em vez disso, falou apenas:

– Não tem problema.

E a conversa terminou por ali.

O tempo passou como uma flecha e Yoshio se aposentou. Com 60 anos, ainda era cedo para ser chamado de velho, mas também não era mais jovem. Mais da metade da sua vida já havia passado. Tanto Yoshio quanto Setsu estavam com os cabelos completamente brancos.

Como a siderúrgica era uma das empresas mais prestigiosas do Japão, Yoshio recebeu uma boa aposentadoria, e o casal podia viver apenas com sua pensão. Por isso, em vez de procurar um novo emprego, ele e Setsu se dedicaram com afinco ao trabalho no campo.

– Podemos produzir apenas o suficiente para colocar comida na mesa – afirmava ele em tom espirituoso, mas realmente era tudo que conseguiriam produzir.

O mundo mudara por completo desde a morte de seus pais. Nos arredores da cidade não sobrara um produtor de amendoim sequer. Todos tinham vendido suas terras e ido embora dali. Os amigos próximos haviam se mudado, ido para casas de repouso ou morrido. A casa de Yoshio estava rodeada por moradias vazias.

Não mantinham mais contato com familiares e não havia mais conhecidos nas redondezas, mas Yoshio não se sentia só, porque Setsu permanecia ao seu lado.

Iam juntos fazer compras no mercado e pegar livros emprestados na biblioteca. Suavam trabalhando na pequena plantação e uma vez por semana saíam para comer fora. De vez em quando também faziam viagens curtas. Tinham uma vida boa.

– Tomara que o próximo ano também seja bom.

– Tomara mesmo.

Esse era um diálogo que se repetia todo fim de ano. Era o único desejo de um casal idoso levando uma vida tranquila.

Yoshio não queria nada além de viver um pouco mais com Setsu – era o que ele pedia quando orava diante do altar.

Durante alguns anos, as divindades realizaram seu desejo. O fim, porém, chegou abruptamente. Setsu adoeceu e, depois de muito sofrimento, exalou seu último suspiro.

No final daquele ano, Yoshio realizou o funeral da esposa e passou o ano-novo sozinho. Era o início de dias de solidão que perdurariam até sua morte.

Ele parou de ir à biblioteca e de comer fora, mas continuou o trabalho na lavoura. Perseverou no cuidado do jardim e na produção de amendoim.

Comia sozinho os amendoins que colhia. Era o mesmo sabor de quando Setsu e os pais estavam vivos. Tudo mudará; apenas o sabor dos amendoins colhidos na plantação permanecera o mesmo.

Certo dia, um ano depois, sentiu uma dor no quadril quando mexia nas plantas. Era diferente das dores musculares que sentia de vez em quando. Teve um pressentimento que era quase uma certeza.

Yoshio foi ao médico, fez vários exames e acabou sendo hospitalizado. Foi diagnosticado com câncer. A doença já havia se espalhado.

– Acho que será difícil tratar – declarou o médico, que tinha idade para ser seu neto.

Isso significava que era tarde demais. A vida de Yoshio estava chegando ao fim.

– É a mesma doença da minha mãe – comenta Kai quando termina de contar a história de Yoshio.

Então a mãe de Kai faleceu de câncer. Kotoko pensa em dizer algo, mas as palavras não saem. Kai continua:

– Ela e Yoshio Kurata ficaram internados na mesma ala do hospital.

– Ele recebeu alta? – pergunta Kotoko.

– Temporariamente.

– Como assim?

– Parece que ele forçou uma alta alegando que queria resolver o que fazer com a casa e a plantação enquanto lhe resta alguma energia.

Isso significa que ele não está curado nem se sentindo melhor fisicamente.

– Não é perigoso fazer algo assim? – Kotoko se preocupa.

Se ele ainda tivesse família, tudo bem... mas Yoshio vive sozinho. Não terá a quem pedir ajuda se passar mal de repente.

– Foi a decisão dele – responde Kai.

Talvez não lhe restasse opção. Pelo que Kai ouviu, Yoshio mantém uma relação distante com os parentes e precisa fazer tudo por conta própria – até os preparativos para o próprio funeral.

– Ele vai voltar para o hospital amanhã.

Kai está muito bem-informado. Pelo visto, conhece Yoshio há muito tempo, desde antes da internação. Como se lesse os pensamentos de Kotoko, Kai explica:

– Yoshio era um cliente regular do Chibineko.

Isso faz sentido, já que o restaurante fica tão perto dali. Então era no Chibineko que o casal ia comer fora uma vez por semana.

– Ele parou de frequentar após a morte da esposa, mas eu o reencontrei numa visita que fiz à minha mãe no hospital.

Será que Yoshio pediu a Kai que lhe preparasse uma refeição afetiva? Kotoko fica refletindo sobre isso, notando como a vida tem conexões surpreendentes.

É tarde para visitar a casa de alguém, mas foi desejo de Yoshio que Kai fosse à noite. Durante o dia ele chamou uma empresa que se responsabilizará pela propriedade.

– Ele contou que vai demolir a casa e vender o terreno e a plantação – informa Kai.

Yoshio está tentando apagar todos os vestígios do passado. Pretende transformar o campo de amendoins e a casa repleta de recordações num terreno baldio.

– Vamos – chama Kai, retomando a caminhada.

Kotoko o segue.

Passando pela calçada que ladeia a plantação, eles se aproximam da casa.

– Mas a luz... – começa Kotoko.

A casa está mergulhada na mais completa escuridão e em silêncio total. Será que Yoshio já está dormindo ou não está em casa? Talvez tenha piorado de saúde e voltado ao hospital.

– Pelo visto ele apagou as luzes – sugere Kai, sem demonstrar surpresa. Ele não parece estranhar o silêncio. Olha para o céu noturno e comenta: – É noite de lua crescente. Ou "lua receptora", como se costuma dizer.

Ao olhar para cima, Kotoko vê a lua em quarto crescente no formato côncavo de um pires. Ela conhece a expressão "lua receptora" e acha que o céu está mesmo lindo, mas acha estranho Kai ter tocado nesse assunto tão repentinamente.

Kotoko pensa em dizer algo, mas Kai já não está mais olhando para a lua. Seu olhar está voltado para o outro lado da casa.

– Ele avisou que estaria na varanda – informa a Kotoko, e segue andando, mas não se dirige à porta de entrada. Parece acostumado ao local. Deve ter visitado a casa inúmeras vezes.

Por fim, chegam a um amplo jardim em estilo antigo. Há ali um caquizeiro e uma ameixeira, além de alguns arbustos formando canteiros. Embora não haja flores neles, também não estão em mau estado.

E alguém está sentado sob o alpendre. Magro como uma árvore seca, de tez pálida, tem o aspecto doentio. É Yoshio Kurata. Kotoko reconhece o idoso só de ter ouvido sua história minutos atrás.

– Boa noite – diz Kai.

– Lamento não ter conseguido ir ao funeral da Nanami – desculpa-se Yoshio, sem retribuir o cumprimento. Sua voz é rouca, mas estranhamente nítida.

– Por favor, não se preocupe – assegura Kai, evitando falar sobre o assunto. – Vou usar sua cozinha, está bem?

Ele pretende mesmo cozinhar.

– Fique à vontade.

– Com licença.

Kai tira os sapatos e entra. Sem pedir orientação, avança pelo corredor como se estivesse em sua própria casa.

Enquanto Kotoko observa Kai distraidamente, Yoshio se dirige a ela:

– A senhorita não vai acompanhá-lo?

Talvez ele esteja achando que ela trabalha no Chibineko. Não é o caso, mas ela de fato sente que está ali para ajudá-lo.

– O senhor me permite?

– Claro.

– Obrigada. Então, com licença.

Ela também tira os sapatos e entra. O corredor está fresco.

As luzes estão apagadas, mas o luar ilumina o interior da casa pela porta aberta da varanda. Ela não sabia que a luz da lua era tão clara. Consegue enxergar nitidamente as costas de Kai andando à sua frente.

Antes que ela possa alcançá-lo, Kai para em frente ao cômodo no final do corredor, abre a porta de correr e entra.

Ouve-se o som de uma luz sendo acesa, e todo o ambiente se ilumina. Kai deixa a porta aberta, provavelmente à espera de Kotoko.

Ela encontra uma cozinha antiga. Há ali apenas uma pequena geladeira, sem micro-ondas ou aquecedor de água elétrico. Há também um fogão a gás bastante desgastado pelo uso.

A cozinha, porém, não está suja. O chão e os utensílios estão polidos e brilhantes, sem nenhuma poeira. Está imaculada como se tivesse acabado de ser limpa.

– Está tudo adiantado – informa Kai.

Ele já esteve ali antes. Levou os ingredientes com antecedência. Talvez tenha até limpado a cozinha.

– Vou começar cozinhando o arroz – anuncia, colocando a panela de barro no fogão.

– O que você vai preparar?

– Arroz de amendoim.

Essa é a comida afetiva de Yoshio.

Amendoim é uma planta anual da família das leguminosas, largamente cultivada em todo o mundo, e só perde para a soja em termos de volume de grãos.

Seu nome em chinês é formado pelos ideogramas de "cair", "flor" e "nascer". Após fertilizada, a flor lança um ginóforo em direção ao solo, que penetra nele, formando a vagem. *Rakkasei*, como é chamado em japonês, é a leitura fonética desses três caracteres.

– Estes amendoins foram colhidos no campo ali ao lado – informa Kai enquanto pega na bancada os amendoins com casca. Eles estão cobertos de terra seca. – A colheita é bem trabalhosa. Após desenraizá-los, é preciso juntá-los em molhos de três a cinco plantas que são viradas pela raiz e deixadas para secar durante uma semana.

Essa etapa é denominada "secagem", ele explica.

– Dizem que, quando viramos as plantas de ponta-cabeça, a água escorre para as folhas e os frutos secam com mais rapidez. Se chacoalharmos um amendoim e ouvirmos um estalo, é sinal de que está seco. Mas o processo não termina por aí. Depois são empilhados em cilindros e deixados para secar naturalmente ao vento durante um a dois meses.

É um trabalho árduo e moroso. Difícil acreditar que Yoshio, internado no hospital, tenha conseguido fazer tudo isso. Deve ter sido Kai, que continua:

– Novembro é a época do ano em que os grãos estão mais saborosos.

Então está na época.

– Definiram o dia 11 de novembro como o Dia do Amendoim.

As mãos de Kai continuam trabalhando enquanto ele fala. Antes que Kotoko possa oferecer ajuda, ele descasca os amendoins sozinho. A tigela de vidro se enche de grãos rosados.

– Agora é só acrescentar sal e saquê e cozinhar na panela de barro.

– Não é preciso deixá-los na água?

– Não. Como o arroz é novo, não tem problema.

O arroz novo tem um teor de água elevado. Ao cozinhá-lo, é melhor utilizar menos água.

– Acho que fica mais saboroso quando se aproveita a água contida no próprio arroz.

A água dilui os legumes e as carnes, acentuando o sabor. Com o arroz não seria diferente.

– Poderia pegar sal no armário, por favor? – pede Kai.
– Claro.
Ao abrir a porta do armário de madeira, Kotoko vê vários potes de porcelana alinhados nas prateleiras. São antigos, mas nenhum deles está empoeirado. Vê também potes de ameixas em conserva e açúcar, e logo encontra o pote de sal.
– É este aqui?
– Sim. Vai ficar um arroz de amendoim delicioso – afirma educadamente, como de costume, e pega o pote das mãos de Kotoko. Apenas por um instante, ela toca a mão de Kai com a ponta dos dedos.
Como se nada tivesse acontecido, Kai volta a se concentrar no trabalho.
– O preparo desse prato é simples.
Ele coloca na panela de barro o arroz, a água e os amendoins, depois acrescenta o sal e o saquê. Tampa a panela e gira o botão, acendendo o fogão a gás.
– Mas leva algum tempo até cozinhar.
Parece que isso é tudo. Kai encara Kotoko. Ele parece prestes a dizer algo, mas emudece. Desvia o olhar e em silêncio começa a arrumar a cozinha. Kotoko o ajuda.

Cerca de vinte minutos depois, o arroz de amendoim está cozido. O aroma se espalha por toda a cozinha. Kai desliga o fogo, mas ainda não dá para comer.
– É preciso deixá-lo no vapor por dez a quinze minutos, para o arroz ganhar volume.
Esses quinze minutos passam num piscar de olhos.

– Prove, por favor – oferece Kai, colocando uma porção numa tigela.

Kotoko já comeu amendoim torrado, mas nunca cozidos com arroz.

– Vou experimentar.

Ela pega a tigela e leva um pouco à boca. O aroma dos amendoins se espalha de imediato. Estão tenros e doces. À medida que mastiga, sente também o sabor do arroz envolvendo o amendoim, realçado pelo sal e pelo saquê. Nota um gostinho de terra e na mesma hora imagina arrozais. Sente-se alegre. A comida de Kai deixa as pessoas felizes, como aconteceu com ela ao provar o *ainame* cozido.

– Está uma delícia.

Além de ser feito com amendoins colhidos num campo repleto de recordações, esse prato tem um sabor singular. É sem dúvida um milagre capaz de trazer entes queridos de volta. Kotoko está convencida disso.

– Vamos oferecer ao Sr. Yoshio.

Kai coloca a panela de barro e uma tigela sobre a bandeja.

Da varanda, Yoshio contempla a lua. Parece não perceber a aproximação de Kai e Kotoko. Está imerso em pensamentos, com o semblante sério.

– Será que ele está fazendo um pedido? – sussurra Kai para Kotoko.

– Um pedido?

– Sim. Reza a lenda que, se pedirmos algo à lua crescente, o pedido será atendido. Por isso ela é chamada de "lua receptora".

Kotoko conhece a expressão, mas não a lenda.

– Li muito tempo atrás num romance – prossegue Kai, ainda sussurrando. – Quando rezamos para a "lua receptora", assim como a água se acumula num pires sem derramar, a lua côncava recebe os pedidos e os atende sem exceção.

Depois de ouvi-lo, Kotoko volta a olhar para o rosto de Yoshio, que continua impassível.

– Não está com frio? – pergunta Kai a ele.

Os dias até que têm estado quentes para novembro, mas à noite esfria. Deve estar frio demais para um idoso enfermo.

– Quer que eu leve a refeição para o seu quarto? – oferece Kai, achando melhor que Yoshio volte para dentro. Kotoko acha melhor também, mas o idoso faz que não com a cabeça.

– Está tudo bem – responde ele. – Eu me sinto melhor aqui do que quando estava num quarto de hospital.

Ele tem um cobertor sobre as pernas e veste um casaco de algodão acolchoado. Não parece disposto a sair dali. Talvez deseje comer sua refeição afetiva enquanto contempla o jardim e o campo de amendoins repleto de lembranças.

Os dois jovens entendem e Kai não o pressiona. Pousa a bandeja e lhe informa:

– A refeição está pronta. É arroz de amendoim. Tem duas porções. Preparei para o senhor e para Setsu.

Kai preparou a refeição para honrar a memória da falecida esposa de Yoshio.

Por vezes, quando se come a refeição afetiva preparada por Kai, o ente querido aparece. Talvez não seja a pessoa de verdade, mas apenas uma ilusão. De todo modo, Kotoko pôde conversar com o irmão falecido, e Yoshio deve estar querendo reencontrar a esposa.

Yoshio, no entanto, não pega a tigela de arroz. Não faz menção de comer. Sem nem mesmo segurar os hashis, limita-se a olhar para as duas porções.

– O senhor não vai comer? – pergunta Kai com polidez, mas denotando curiosidade.

Com o rosto lívido, Yoshio se vira na direção dele.

Nesse instante, Kotoko se dá conta.

Yoshio não vai comer o arroz de amendoim e ela entende por quê.

– Desculpe – diz Yoshio. – Você teve todo esse trabalho de preparar a comida, mas eu não conseguiria engolir.

Não é que ele não queira comer. Ele não pode.

Como não percebi antes?, Kotoko se lamenta.

Todo o corpo de Yoshio está tomado pela doença e, sem possibilidade de tratamento, ele passou um tempo internado na ala de cuidados paliativos do hospital.

Embora esteja suficientemente estável para obter alta temporária, não seria capaz de comer um arroz de amendoim.

Ao ouvir as palavras de Yoshio, Kai contrai firmemente os lábios. Parece culpar a si mesmo por não ter pensado nisso.

– Sinto muito por ter feito você preparar o prato mesmo sabendo que eu não poderia comê-lo – Yoshio volta a se desculpar.

Ele estava ciente desde o início de que não poderia comer, mas há um motivo para ter feito o pedido.

– Uma das porções seria a *kagezen* para minha esposa Setsu, e a outra para mim. Você poderia considerar isso uma oferenda um pouco antecipada?

– Uma oferenda? – pergunta Kai.

– Isso. Como se fosse meu próprio funeral. Sei que não me resta muito tempo de vida.

Kotoko e Kai não conseguem falar nada. Yoshio não tem parentes que possam cuidar disso quando partir.

– Que cheiro bom de amendoim... Quase consigo ver o rosto de Setsu. Agora posso partir em paz. Obrigado a vocês dois.

Talvez Yoshio tenha encomendado a refeição afetiva com a intenção de evocar o espírito da esposa para o funeral dele.

Kotoko pensa em Setsu, que não conheceu. Imagina a mulher sentada ao lado de Yoshio, os dois contemplando o caquizeiro, admirando o jardim que em breve se tornará um terreno baldio.

– Esta é a última vez que vejo tudo isso aqui – diz Yoshio para Kai. – É o adeus ao jardim e à casa.

Kotoko se levanta e se afasta.

– Me perdoe – pede Yoshio, dirigindo-se às costas de Kotoko, que caminha pelo corredor como se fugisse.

Os dois jovens devem ter pensado que ele não podia comer devido à doença, mas ele não está impedido de se alimentar. Os médicos o aconselharam a ingerir alimentos que não sobrecarreguem demais seu corpo.

De início, ele pretendia comer pelo menos um pouquinho. Ao olhar para o prato, porém, sentiu um aperto no peito. Pensou em como não fazia sentido viver num mundo sem Setsu.

Já tive o suficiente, pensou. Se pudesse, iria encontrá-la no outro mundo agora mesmo.

Ainda se lembra claramente do dia em que a esposa falecera. Era um inverno frio e ela reclamava de dores no quadril. A esposa, que raramente se queixava, tinha uma expressão de sofrimento no rosto.

Quando se envelhece, os ossos se fragilizam. Yoshio achou que ela poderia ter quebrado um osso e a levou até um pequeno hospital particular das redondezas.

O médico, no entanto, apenas fez a consulta sem oferecer tratamento.

– É melhor a senhora fazer alguns exames – recomendou o médico, com ar austero, e a encaminhou a um grande hospital na cidade vizinha.

Ali ela foi submetida a uma bateria de exames antes de voltar para casa. Na semana seguinte, informaram que ela fora acometida por uma grave doença. Todo o organismo já estava comprometido, a ponto de uma cirurgia ser inviável.

– Sinto muito – ela ouviu do médico, e tudo escureceu diante de seus olhos.

Ela voltou para casa em choque, e Yoshio ainda se recorda do que Setsu lhe disse:

– Esse dia finalmente chegou...

Ela parecia resignada. Como Yoshio se mantinha em silêncio, ela prosseguiu:

– Peço desculpas a você. Vou te dar algum trabalho por um tempo.

Não desista.

Não se desculpe.

Não diga que é por pouco tempo.

Yoshio desejava dizer tudo isso, mas lhe faltavam palavras. Queria ajudar Setsu, mas estava de mãos atadas. E a doença progredia lenta e irremediavelmente.

Durante algum tempo ela entrou e saiu do hospital, até parar na ala de cuidados paliativos. O objetivo ali não era curá-la, mas aliviar a dor e o sofrimento.

– Felizmente não sinto dores – sussurrou Setsu.

Yoshio permanecia calado. Não lhe vinha à mente sequer uma palavra de encorajamento.

Antes de ingressar na ala paliativa, porém, Setsu havia manifestado seu desejo de ver a cidade. Yoshio concordou e a levou num último passeio, um derradeiro encontro. Foram à Mother Farm e dividiram um sorvete italiano. Crianças corriam, parecendo participar de uma excursão. Depois visitaram o Santuário Hitomi, onde se cultua a divindade padroeira da cidade. Puderam contemplar do alto da colina toda a área urbana. No santuário, Yoshio juntou as mãos e orou. *Peço que Setsu não sofra*, disse à divindade sem expressá-lo em palavras. Nenhum outro pedido lhe veio à mente. Na realidade, apesar de desejar que a esposa ficasse boa, estava ciente de que isso era impossível. Apenas rezou para que ela não sofresse.

No dia seguinte, acordaram bem cedo para visitar o monte Kano. Pegaram um táxi e chegaram lá antes do amanhecer. Vislumbraram do alto o mar de nuvens que se formava no vale Kujuku. Quando a aurora começou a despontar, as nuvens se tingiram da cor do sol. Era uma paisagem tão bela quanto as pinturas a nanquim. Pareciam estar pairando acima das nuvens.

– Será que o paraíso é assim? – perguntou Setsu.

Yoshio foi incapaz de responder. Setsu tampouco esperava uma resposta, apenas admirava serenamente o mar de nuvens. Assim se passaram minutos, dezenas deles.

– Está na hora de ir – anunciou ela.

O tempo dos dois havia acabado. Em vez de voltar para casa, a esposa iria diretamente para o hospital. Era uma internação da qual não receberia mais alta.

Todas as manhãs depois disso, Yoshio visitava a esposa. Ele permanecia calado, como de costume; era sempre ela quem falava. Setsu sabia que sua vida estava por um fio, mas, apesar de sofrer, de sentir dor e de estar com medo, não se queixava. Ao contrário, ela sorria para Yoshio.

– Desculpe por você ter que cuidar de mim... Desculpe por não ser eu a cuidar de você... Estou muito feliz por ter você ao meu lado até o último instante...

Sob o efeito dos fortes analgésicos, as frases da esposa pareciam sempre inacabadas. O tempo que passava acordada diminuía dia após dia.

Yoshio costumava observar o rosto da esposa adormecida. Vivia ao lado dela como se quisesse abraçar o tempo que lhe restava.

Não importava que ela não fosse capaz de falar. Podia permanecer dormindo. Ele estava satisfeito apenas por poder estar ao lado dela. Rezava aos deuses para que não a deixassem morrer. Desejava que o tempo parasse ali.

No fim das contas, os deuses não ouviram suas preces e não estancaram o tempo. O momento afinal chegara.

Yoshio se lembrava bem das últimas palavras dela. Foi depois de a esposa passar três dias em coma.

– Sabe, querido – começou ela com a mesma voz de sempre. – Tenho um pedido a fazer.

Se eu morrer, você ficará solitário, mas não quero que se deprima. Não quero vê-lo triste com a minha morte.

Quero que você se anime, desfrute de suas comidas prediletas, faça o que gosta de fazer e divirta-se por mim.

Não precisa visitar meu túmulo.

Nem mesmo acender incenso.
Porque fui feliz vivendo ao seu lado.
E continuo feliz...

Ela esboçou um leve sorriso e fechou os olhos lentamente. E nunca mais os abriu.

Seguindo os procedimentos de rotina, o médico tomou seu pulso, verificou os batimentos cardíacos e iluminou as pupilas. Depois se curvou diante de Yoshio.

– Meus sentimentos...

Foram essas palavras que lhe avisaram que a esposa havia morrido. Sem poder agradecer a ela pelos anos que passaram juntos, Yoshio chorou. Mesmo depois de o médico e a enfermeira se retirarem do quarto, seus soluços e lágrimas não cessaram.

As lembranças com a esposa percorriam sua mente em flashbacks, como se ele olhasse um álbum de fotos antigas.

Cinquenta anos antes, por intermédio de um colega, Yoshio conhecera Setsu. Ele estava com o cabelo recém-cortado, usando um terno novo azul-marinho, tentando caprichar na aparência. Num vestido floral, Setsu estava sentada parecendo um pouco constrangida. Suas feições eram delicadas e Yoshio não conseguia desviar os olhos dela. Foi amor à primeira vista. Ele se apaixonara desde o instante em que vira uma foto dela.

Tomou coragem e a pediu em namoro.

– Podemos voltar a nos ver? – sugeriu simplesmente, a garganta seca.

– S-sim – assentiu Setsu, baixinho. Tinha as faces coradas.

Depois disso, encontraram-se diversas vezes, para comer e passear. Só de estar junto de Setsu o coração de Yoshio batia mais forte. Ele desejava estar ao lado dela para sempre. A cada novo encontro esse sentimento se intensificava.

Numa linda noite de luar, voltando para casa após visitarem a estátua da deusa Kannon na Baía de Tóquio, enquanto caminhavam pela estrada ao longo do rio Koito, ele revelou a ela seus sentimentos.

Não havia ninguém ao redor. A lua crescente se refletia na superfície escura do rio. Ela flutuava no céu no formato fino de um pires.

Olhando para a lua, Yoshio pediu, sem dizer em voz alta, que tudo transcorresse bem. Pediu para a lua côncava que eles ficassem "juntos para sempre". Depois, perguntou a Setsu:

– Quer se casar comigo?

Foi uma proposta repentina, sem jeito. Setsu não respondeu de imediato. Depois de alguns segundos calada, desatou a rir. Yoshio sentiu seu mundo desabar.

Eu sabia, ela vai recusar, pensou.

Ele tinha uma pele bronzeada, olhos estreitos e um nariz baixo. Não era um homem bonito. E tinha pedido uma linda jovem como Setsu em casamento. Não era de estranhar que ela o menosprezasse.

Setsu se desculpou, como que confirmando os receios de Yoshio.

– Me perdoe.

Ele se sentiu completamente rejeitado. Mordeu o lábio, desanimado, mas Setsu não parou por aí.

Muito obrigada. Muito obrigada de verdade por gostar de mim. Minha felicidade é tanta que não segurei o riso. Com você eu posso passar a vida sempre sorridente. Eu também amo você, Yoshio. Por favor, case-se comigo.

Essa foi a resposta ao pedido de casamento. O luar penetrou nos olhos marejados de Setsu. Como Yoshio parecia ter perdido a voz e ficou mudo, ela perguntou, olhando bem em seu rosto:
– É impossível?
– S-sim! – Yoshio se apressou em responder. – Quer dizer, não, não é impossível! Case-se comigo, por favor.

Suas palavras soaram tão engraçadas que Setsu voltou a rir, depois segurou a mão de Yoshio, que apertou a dela com firmeza.

A partir daquele momento, os dois se tornaram um casal. A lua crescente realizara o desejo de Yoshio.

Mas agora Setsu não está mais neste mundo. Ela faleceu, deixando o marido para trás.

Em breve serei eu, pensou Yoshio enquanto recolhia a urna de Setsu no crematório. Após a morte dos pais e da esposa, sobrara apenas ele. A morte inevitavelmente vem para todos. Ninguém escapa ao destino.

Ele não estava errado. Sua vez tinha chegado. Yoshio fora acometido pela mesma doença da esposa e lhe deram pouco tempo de vida. Informaram que não havia tratamento disponível, como tinha ocorrido a Setsu.

Ele queria morrer naquela casa, mas não podia ser egoísta. Não queria dar trabalho a quem o encontrasse.

– Morrer num hospital não é tão ruim assim... – As palavras sussurradas para si mesmo eram sinceras. Setsu e os pais de Yoshio tinham dado seus últimos suspiros naquele hospital. Ele próprio nascera ali. – É como morrer em casa...

Pensou, portanto, em retornar ao hospital e esperar com tranquilidade pelo fim da vida.

Sabendo que nunca mais voltaria à sua casa, decidiu se desfazer dela e do campo, prometendo doar o dinheiro ao templo. Pediu a uma empresa que cuidasse de tudo após sua morte. Que seus ossos fossem depositados ao lado das urnas dos pais e de Setsu.

"Não tenho arrependimentos", ele queria dizer, mas havia algo que o inquietava. Algo que desejava perguntar à esposa.

Yoshio suspira e volta à realidade. Talvez por causa da medicação, por vezes sua consciência lhe prega peças. Passa cada vez mais tempo imerso em recordações. Esqueceu que tinha convidados e acabou pensando em Setsu.

Kai está de pé ao lado de Yoshio, que tem o arroz de amendoim frio diante dos olhos. O prato já não exala vapor.

Esse prato é gostoso mesmo frio, mas Yoshio não vai comê-lo. Já é tarde da noite e não há motivo para segurar os dois jovens ali.

– Peço desculpas por hoje.

Quando está prestes a pedir que eles se retirem, passos se aproximam. Passos leves, femininos. Por um instante, Yoshio pensa se tratar de Setsu. Mas é Kotoko, que retorna da cozinha trazendo uma panela de barro sobre uma bandeja. Dessa panela sobe um leve vapor que perfuma o ar. Ela parece ter preparado um novo prato.

– Srta. Niki, isso é...? – pergunta Kai, tão espantado quanto o anfitrião.

– Desculpe pelo meu atrevimento em fazer as coisas por conta própria. Eu queria muito que o Sr. Kurata comesse...

Yoshio se sente mal com isso. Ele não tem qualquer intenção de ser obrigado a comer agora.

– Eu disse há pouco... – começa Yoshio, mas sente o aroma subir do prato. Um cheiro ao mesmo tempo salgado e azedo chega ao seu nariz. – Isso é...? – indaga ele, olhando sem jeito para Kotoko.

– Sopa de ameixas em conserva – responde ela, baixando a cabeça em reverência. – Desculpe, tomei a liberdade de usar as que havia no armário.

Kotoko usou as ameixas de Setsu.

– Ameixas em conserva fazem bem à saúde – a esposa costumava afirmar.

Havia até um ditado antigo: "Uma ameixa por dia mantém o médico longe." E ela parecia acreditar nisso de verdade.

– É bom comê-las todos os dias – repetia Setsu.

As ameixas usadas por Kotoko foram postas em conserva quando Setsu ainda era viva. Ela fez a conserva secando os frutos da ameixeira do jardim. São ameixas brancas numa simples conserva de salmoura. Mesmo mantidas à temperatura ambiente, não estragavam. Há conservas de ameixa de vinte anos sendo comercializadas.

Setsu preparava vários pratos usando essas frutas, e Yoshio se lembra de cada um deles.

Ameixas com flocos secos de bonito.

Arroz misto de ameixa com sardinhas secas.

Enroladinhos de carne de porco, ameixa e folhas de *shiso*.

Todos eram deliciosos. Setsu era uma cozinheira de mão cheia e preparava também pratos elegantes de comida ocidental apreciados por Yoshio.

Espaguete de atum, perila e ameixas em conserva.

Pizza de ameixa em conserva e queijo.

Por vezes ela cozinhava ameixas em conserva com saquê e açúcar para comer com torradas.

– Que geleia deliciosa... – declarou Yoshio certa vez, e Setsu soltou um risinho.

– Isso não é geleia. É *umebishio*! Um alimento ancestral.

Dizem que essa iguaria existe desde a era Edo, entre os séculos XVII e XIX. Yoshio ficou impressionado, o que provocou mais risos em Setsu.

Comer é viver.

Viver é comer.

Há muitas recordações nas ameixas em conserva. A sopa de ameixas em conserva era outro dos pratos preparados por Setsu. Yoshio pegava resfriado com facilidade e ficava acamado com frequência no inverno.

– Comendo isso você vai ficar bom logo – dizia a esposa.

Mesmo não tendo apetite, a sopa de ameixa preparada por

Setsu era a única coisa que ele conseguia comer. E o curava do resfriado.

– Vou passar para uma tigela – diz Kai.

Até então calado, ele pega a panela de barro das mãos de Kotoko e abre a tampa.

O vapor se ergue e o aroma azedo das ameixas em conserva se adensa, alcançando as narinas de Yoshio. Saliva brota em sua boca ressecada e ele engole em seco.

– Por favor.

Kai lhe serve uma tigela da sopa. O arroz bem branco que a acompanha também lhe desperta os sentidos.

– Ah... Obrigado... – agradece Yoshio num sussurro.

Ele pega a tigela quente. Como se atraído pelo azedume das ameixas, apanha uma colherada da sopa e a leva à boca. Está quente, mas não a ponto de queimar a língua. É uma temperatura agradável.

De tão suave, Yoshio consegue mastigar a sopa com facilidade. A cada colherada, sente-se envolvido pelo azedume da ameixa e a doçura do arroz.

Estava tão absorto em comer que só agora nota que uma almofada foi colocada perto dele, diante de uma tigela extra de sopa. Percebe que é a porção de Setsu, certamente servida por Kai e Kotoko.

A comida afetiva.

Yoshio termina de comer sua porção, que estava deliciosa. Tudo foi preparado com esmero.

– Obrig... – começa a dizer, mas estranha a própria voz, que sai abafada.

Pigarreia para limpar a garganta, mas até esse ruído soa esquisito.

Olha para o lado e não vê Kai nem Kotoko. Espia ao redor, perguntando-se onde estarão os jovens, e percebe algo incomum. Tanto o jardim quanto o corredor estão cobertos por uma névoa densa. Apesar de ser noite, por alguma razão a névoa parece matinal. Todo o seu entorno está completamente branco, apenas a lua e a ameixeira se destacando nitidamente.

– Que diabos está acontecendo? – sussurra, confuso, e ouve a voz de um animal.

– *Miao.*

Será um gato-do-mar? Não pode ser. A casa não está tão perto do oceano e os gatos-do-mar nunca voaram até ali.

Mas o animal parece estar próximo. Ao virar a cabeça, Yoshio vê um gato sentado no jardim. Um gatinho tigrado com patas brancas. Ele mia encarando Yoshio.

– *Miau.*

Yoshio se lembra desse miado e também do rosto e da pelagem do animal.

– Orelhudo? – O nome do gato escapa de sua boca.

É o gato que criavam quando Setsu estava bem de saúde. Numa noite de tufão, ensopado pela chuva forte, o gatinho miara em frente à porta de entrada.

– Pobrezinho... – disse Setsu, e o gato na mesma hora se tornou membro da família Kurata.

O nome foi ideia da esposa, porque o bichano tinha orelhas avantajadas. Setsu amava Orelhudo como se fosse um filho ou um neto.

Acontece que gatos têm vida curta. Em pouco tempo, sua idade ultrapassou a dos humanos. Ele morreu seis meses antes de Setsu descobrir a própria doença.

Agora Orelhudo está ali, e esse não é o único milagre.

– Querido – chama uma voz, uma voz inesquecível. Está bem perto dele, diante da comida afetiva.

Ele se apressa em olhar nessa direção.

Sua falecida esposa está sentada ao lado dele sob o alpendre.

É a Setsu de antes da internação, com cabelos brancos e bochechas levemente flácidas, mas ainda rosadas.

Yoshio se espanta, mas aceita a cena diante de seus olhos. Acha que a esposa veio buscá-lo. Imagina que seu desejo de passar rapidamente para o outro mundo foi atendido.

– Não é isso. Não tire conclusões precipitadas. – Parecendo ler os pensamentos do esposo, Setsu balança a cabeça. Seu tom de voz é de ligeira repreensão. – Eu não vim buscá-lo. Você ainda tem algum tempo de vida pela frente.

– Mas...

Yoshio dá de ombros. Pelo visto não poderá mesmo morrer nessa casa.

Mas sua decepção é passageira. A vida não caminha como se planeja, e ele sabe disso. Está satisfeito de apenas poder encontrar a esposa. Tem algo a dizer a ela.

Pretende ficar junto dela no além-mundo. Se há vida após a morte, ele quer que nessa vida ela também seja sua esposa. É isso que tem a lhe dizer.

No fundo ele queria ter dito essas palavras a Setsu enquanto ela estava viva. No hospital, tentou lhe falar várias vezes, mas acabou não conseguindo – em parte por estar envergonhado, mas não era só isso.

O casal não teve filhos. Eles nunca puderam ter, e a culpa era de Yoshio. Quando criança, uma febre alta o deixou infértil. O médico lhe informou isso.

Ele próprio nunca se sentiu triste por não poder ter filhos, mas talvez a esposa desejasse tê-los. Setsu adorava crianças e sempre sorria para elas quando as via nos parques ou em supermercados. Por vezes passava os olhos pelos anúncios de roupas infantis nos encartes dos jornais. Yoshio nem sequer conseguia tocar no assunto com a esposa.

Gostaria de estar com ela no outro mundo, mas não seria justo se não pudesse lhe dar filhos lá também. Ele a entristeceria de novo. Ao pensar nisso, emudecia.

Amava Setsu e desejava sua felicidade. Justamente por isso, não pôde pronunciar palavras amorosas. Nunca deveria tê-la conhecido. Houve noites em que se sentiu arrependido por tê-la pedido em casamento.

Agora, volta a sentir esse remorso e baixa os olhos. Não consegue suportar a ideia de que Setsu foi infeliz por sua causa. Sente-se impotente, triste, incapaz de erguer o rosto. A noite faz as pessoas entristecerem.

Ainda cabisbaixo, encarando os próprios pés, nota que a névoa diminuiu um pouco. Talvez Setsu tenha se decepcionado com a timidez de Yoshio e decidido retornar ao outro mundo.

Nesse momento, um gato mia.

– *Miauu*. – É a voz de Orelhudo. Ele parece querer informar algo. Por ser um gato de rua, pressentia a aproximação das pessoas e miava assim quando alguém chegava.

Yoshio recorda aqueles dias com saudade, mas também com tristeza. Enquanto mantém a cabeça baixa, ouve uma voz feminina se dirigindo a ele. Não é de Setsu nem de Kotoko.

Coma enquanto está quente.

Surpreso, ele ergue o rosto. Essa voz também lhe é familiar. É a voz de Nanami, a mãe de Kai. A névoa volta a se adensar. Ele ouve a voz de Nanami, mas não consegue vê-la. Sente que ela se encontra além da névoa. Estreitando os olhos para enxergá-la, ouve a voz novamente.

Vai esfriar, viu?

Nesse instante ele se lembra de algo: os rumores sobre o Chibineko. Dizem que os mortos por vezes aparecem lá, mas não permanecem por muito tempo.

Dizem que é possível se encontrar com entes queridos até a comida afetiva esfriar e, quando o vapor esvanece, eles vão embora também.

Há um limite de tempo. Tudo chega ao fim na efemeridade da vida humana.

Yoshio não quer terminar a vida cheio de arrependimentos, mas continua hesitante. Teme ser incapaz de formar uma família na outra vida também.

Enquanto hesita, ouve de novo a voz de Nanami.

Setsu está esperando.

Setsu está esperando?

Estará ela esperando pelas palavras dele?

Ele não pode, mas quer acreditar. Ao olhar timidamente para o rosto de Setsu, vê que ela sorri gentilmente. Sua expressão não é de desgosto, mas de espera. Decidido, Yoshio abre a boca:

– Por favor, case-se comigo no outro mundo.

É um segundo pedido de casamento. Setsu foi seu primeiro amor e também a esposa por quem ele se apaixonou no fim da vida. Ele sempre foi louco por ela. Mesmo agora, ainda a ama.

No instante em que Yoshio pronuncia as palavras, o som desaparece. Não se ouvem mais os miados de Orelhudo nem a voz de Nanami. Faz-se um silêncio tão denso quanto a névoa.

Até que Setsu fala de novo:

– Por que está dizendo isso logo agora? – Embora suave, sua voz parece censurar Yoshio. – Os votos conjugais que fizemos valem para ambos os mundos. Tanto onde você está agora quanto no mundo pós-morte, sempre seremos marido e mulher. Então... é lógico que aceito!

Setsu faz uma pausa e completa:

– Também tenho algo a lhe dizer.

Fui feliz vivendo com você.
Pude sorrir o tempo todo.
Obrigada de coração.
Obrigada por gostar de mim.
Obrigada por me pedir em casamento.
Obrigada por me pedir em casamento de novo.
Eu também amo você.
Sou apaixonada por você, Yoshio.
Só você é meu esposo.

Ela aceitou meu pedido de casamento.
Ela disse que me ama.

Afirmou ser apaixonada por mim.

E vai ficar comigo pela próxima vida também.

Os pensamentos se confundem na cabeça de Yoshio. Lágrimas brotam dos seus olhos. Ele pensa em dizer algo, mas as palavras não saem. Apenas se sente grato por ter conhecido Setsu e dividido sua vida com ela. A sopa de ameixa em conserva já está fria. Setsu desapareceu sem se despedir, retornando ao seu mundo.

Yoshio, no entanto, não está triste. Sabe que, mesmo depois de morrer, ele e Setsu ainda serão um casal. As palavras dela ao aceitar seu pedido de casamento continuam ressoando em seus ouvidos.

Yoshio toca o próprio rosto. Sem dúvida chorou, mas suas faces não estão molhadas. Sem que ele percebesse, a névoa se dissipou. Ao olhar para o jardim, não avista Orelhudo. Também não ouve mais a voz de Nanami.

Em vez disso, vê Kai e Kotoko ao seu lado.

– Por favor, tome este chá quente.

Kai preparou chá verde torrado. O aroma perfumado da infusão paira no ar junto com o vapor. O tempo agora passa como se nada tivesse acontecido.

Terá sido um sonho?, Yoshio se pergunta enquanto olha o vapor ascendendo da xícara. A almofada onde Setsu devia estar sentada não apresenta marcas. Não resta nenhum vestígio de sua presença.

Kotoko coloca uma coberta sobre os ombros de Yoshio e ele inclina o pescoço, surpreso.

– Está esfriando – diz ela, um pouco sem jeito.

– Obrigado.

Ao agradecer, Yoshio ouve de novo aquela voz.

Querido, você tem sorte de ter jovens tão atenciosos cuidando de você.

É a voz de Setsu. Porém, mesmo olhando ao redor, ele não a encontra em parte alguma. Conclui que é apenas sua imaginação, mas no instante seguinte ela volta a falar:

Sonho ou imaginação, que importa?

Realmente não importa, pensa ele.

Sonho ou imaginação, ele está feliz por ter podido conversar com a esposa.

Morrerá em breve, sabe disso. Tem entre três e seis meses de vida. No entanto, não quer mais morrer.

Se puder reencontrar Setsu no além-mundo, pretende lhe contar sobre os dias que passou sozinho. As coisas de hoje, de amanhã e de depois de amanhã.

Enquanto estiver vivo, quer gravar em sua mente os acontecimentos deste mundo e torná-los um presente para a esposa no outro lado. Setsu amava viver. Com certeza vai querer ouvir sobre o que aconteceu após sua partida. Contar-lhe tudo é dever do marido.

Yoshio não tem o dom da oratória, não é eloquente. Muitas vezes as palavras lhe fogem. Mas Setsu o ouvirá com certeza. Eles terão tempo de sobra. Ele poderá falar com calma, dessa vez sem se arrepender.

Tudo isso graças à comida afetiva. Graças aos dois jovens. Para mostrar seu agradecimento, Yoshio propõe o seguinte a Kai e Kotoko:

– Que tal vocês ficarem com as ameixas em conserva da Setsu?

Ele quer que os dois as provem e, se possível, as usem no Chibineko.

– Mas elas são valiosas... – argumenta Kai.

Kai sempre foi uma criança introvertida e gentil. Após o desaparecimento do pai, não entrou na universidade para poder dar suporte à mãe. Depois de a mãe ser internada, todos os dias ia visitá-la no hospital. A morte dela deve ter sido um choque para ele. Mas consolar Kai não é papel de um idoso como Yoshio.

– Amanhã vou voltar para o hospital. Não retornarei para esta casa. Se deixá-las aqui, vão acabar no lixo.

As providências para a demolição e a venda da casa estão concluídas. Ele pediu que jogassem fora tudo que restasse nela, para que não sobrassem recordações.

– O que acha de levar as ameixas para o hospital? – sugere Kai. Ele conhece bem as regras da ala de cuidados paliativos.

Nessa ala o objetivo é levar conforto e bem-estar ao paciente. A menos que haja um impedimento físico considerável, é possível comer tudo que se deseja. Se pedir ao médico, ele talvez autorize a entrada das ameixas em conserva.

Mas Yoshio não pretende levá-las. Mesmo comendo-as no hospital, Setsu não apareceria.

– Quero que vocês fiquem com elas.

Sente que Setsu se alegraria mais se ele as desse aos dois jovens do que se as guardasse para si.

– Então vamos aceitá-las com prazer – responde Kai, e Kotoko abaixa a cabeça um pouco sem jeito.

– Obrigada.

Yoshio fica aliviado. Está tranquilo por ter definido um destino para as ameixas em conserva. Sente que concluiu sua derradeira tarefa.

Que exagero. Você não está confiando a eles a guarda de um filho, ouve Setsu dizendo, o rosto sorridente. A esposa sempre sorria. Até em seus últimos instantes de vida.

As pessoas conseguem sorrir mesmo tristes. É justamente isso, essa capacidade de sorrir para alguém, que nos torna humanos.

– Obrigado – diz Yoshio, agradecendo por tudo neste mundo. E sorri.

Umebishio • 梅びしお

Geleia de umeboshi (ameixa japonesa em conserva)

Ingredientes
- 8 unidades de *umeboshi*
- Saquê culinário (a gosto)
- Açúcar (a gosto)

Modo de preparo
1. Deixe as ameixas em conserva de molho na água por uma noite para eliminar a salmoura.
2. Retire os caroços das ameixas e as esmague bem. Faça um purê se tiver um espremedor.
3. Coloque as ameixas amassadas numa panela, acrescente o saquê e o açúcar e aqueça. Misture bem, tomando cuidado para não queimar.

Dicas
Você pode usar *mirin* em vez de saquê culinário e trocar o açú-

car por xarope de glicose. Se usar *mirin*, ajuste a quantidade de açúcar a gosto.

Glossário

Umeboshi é uma conserva tradicional japonesa feita de *ume*, uma fruta semelhante a ameixa ou damasco. Seu sabor é ao mesmo tempo salgado, ácido e ligeiramente adocicado. É bastante consumido como acompanhamento de arroz, em *onigiris* (bolinhos de arroz) ou como ingrediente para adicionar um sabor forte e distintivo aos pratos.

O gato Chibi & a refeição makanai

BIFE WAGYU KAZUSA · かずさ和牛

Carne bovina muito apreciada por ser suculenta e marmorizada. Graças ao baixo ponto de fusão de sua gordura, a carne parece derreter na boca.

No Kazusa Wagyu Kobo, na cidade de Kimitsu, é possível saborear croquetes, bolinhos de carne moída e hambúrgueres preparados à moda dos açougues de antigamente, bem como *sukiyaki*, bifes e bolinhos de arroz *nigiri* com grelhados de carne Wagyu.

Kai tem nas mãos uma caderneta. Constam nela receitas e anotações relativas aos clientes regulares. Também aparecem ali os nomes de Yoshio e do irmão de Kotoko. Quem escreveu não foi ele, mas Nanami, sua mãe. Ela começou as anotações quando abriu o Chibineko.

Nas pausas do trabalho e após o expediente, ela se sentava à mesa para escrever. Mesmo exausta, não negligenciava essa rotina.

Certa vez, Kai a aconselhou a escrever só depois de descansar um pouco, mas ela não concordou.

– Se fizer assim, acabo esquecendo.

Quando sua doença foi diagnosticada, ela entregou a caderneta ao filho.

– Aqui estão as anotações sobre o Chibineko.

Ela guardara a caderneta pensando em deixá-la com o filho se algo acontecesse com ela.

Graças àquelas anotações práticas, Kai pôde continuar gerenciando o restaurante. A caderneta contém tudo que ele precisava saber sobre o negócio.

– Vou voltar assim que ficar boa. Enquanto isso, tome conta do Chibineko por mim, tudo bem? – pediu Nanami a Kai durante uma de suas várias internações.

O câncer progredira a ponto de ser inoperável, mas ela continuava bem-disposta, trabalhando no restaurante como se estivesse fazendo compras no supermercado da esquina. Algum tempo depois ela seria encaminhada para a ala de cuidados paliativos. Não seria uma internação para tratamento. Havia uma alta probabilidade de ela não voltar mais para casa, e o médico avisou que Kai deveria se preparar para o pior.

Antes de ir, Nanami conversou com o gatinho:

– Chibi, trate de se comportar, viu?

– *Miaau* – respondeu ele, como se concordasse.

Gatos são animais estranhos. Por vezes parecem compreender a linguagem humana.

Ela continuou conversando com o gato:

– Tome conta do Kai para mim, ok?

– *Miaau* – respondeu ele com seriedade. Parecia querer dizer "Deixa comigo!". Tinha a expressão de um tutor.

Claro que era impossível para um gato tomar conta de um adulto. Nanami provavelmente estava brincando, mas no fundo devia estar aflita. Kai sempre dera mais preocupações do que as outras crianças.

Kai nascera prematuro, vinte anos antes. Talvez isso explicasse o fato de ele ser fisicamente frágil. Os médicos chegaram a sugerir que ele talvez não atingisse a idade adulta.

Os pais fizeram de tudo para que ele crescesse saudável. Não apenas o levaram a dezenas de médicos, como também pediram ajuda aos deuses. Rezaram tanto em santuários e templos quanto a cada lua crescente.

"Faça com que nosso filho se fortaleça", pediam.

O pedido foi atendido e Kai foi aos poucos se tornando um homem saudável. A partir de determinado momento, nem resfriado ele pegava mais.

Em contrapartida, o pai desapareceu. Foi para o mar e nunca mais regressou. Era como se tivesse havido uma permuta: a ausência do pai em troca da saúde de Kai.

Após perder o marido, Nanami abriu o Chibineko, batizado em homenagem ao gatinho que ela criava na época. Era um nome engraçado para um restaurante e por isso mesmo fácil de lembrar.

"De início pensei em Bistrô Gato-do-Mar, mas desisti porque havia muitos estabelecimentos no país com esse nome", ela sempre dizia.

De fato, havia um restaurante com nome parecido por ali.

O gato morreu quando Kai ainda estava na escola. Parecia ter vivido bastante. Certo dia, de repente, parou de se mexer.

Depois disso, viveram um tempo sem gatos até que, uns seis meses antes da internação da mãe, um filhotinho igual a Chibi veio parar na casa deles. Ele fora abandonado na praia, de onde Nanami o resgatara.

– É estranho um restaurante com nome de gato não ter gato nenhum, não é mesmo? – comentou a mãe, acariciando a cabeça do gatinho recém-adotado. O bichano tinha um ar feliz.

O estabelecimento era próspero o suficiente para poderem criar um gatinho, graças à peculiar *kagezen* e à comida afetiva.

A comida que a mãe preparava para o marido tornou-se uma espécie de prato de luto. Ao comê-la, algo estranho acontecia.

Recordações eram revividas.

Era possível conversar com as pessoas falecidas que estavam sendo honradas.

Às vezes os mortos apareciam.

Mas tudo isso era lenda. Os mortos não apareciam para Kai nem para sua mãe. Mesmo quando Kai preparou um prato para se reencontrar com os pais, eles não apareceram. Com a morte da mãe, Kai já não tinha mais ninguém. Havia tempos desistira de esperar pelo pai.

Vou embora da cidade e levarei Chibi comigo, decidiu.

Planejou deixar a cidade após terminada a missa de 49 dias de falecimento da mãe. Concluídas as cerimônias, ele apagou as palavras escritas a giz na lousa na entrada do bistrô.

Chibineko
Preparamos refeições afetivas

Com alguma hesitação, apagou também o desenho do gatinho. Tudo desapareceu sem deixar vestígios.

Tanto as palavras quanto o desenho tinham sido originalmente feitos por sua mãe. Cada vez que o traçado a giz desvanecia, Kai aplicava alguns retoques. No fim das contas, quase tudo fora reescrito por ele.

O cavalete guardava inúmeras recordações, mas se tornaria desnecessário com o fechamento do restaurante. Kai se desfaria dele junto com o estabelecimento.

Depois de pendurar na porta de entrada uma placa com os dizeres "Encerramos nossas atividades", nada mais havia a ser feito. Enquanto sua mãe era viva, Kai praticamente não assistia à TV nem acessava a internet. Naquele momento também não tinha amigos que quisesse encontrar. Na realidade havia apenas uma pessoa, e não era amiga, mas uma cliente. No entanto, ele se despedira dela.

Sem mais nada a fazer, poderia dormir até tarde, mas despertava antes do amanhecer, seguindo um hábito antigo.

O Chibineko não era apenas um restaurante para café da manhã quando a mãe o gerenciava. Servia almoços e jantares também. Foi Kai quem mudou seu horário de funcionamento. Ele desejava visitar a mãe no hospital à tarde e decidiu abrir o bistrô apenas pela manhã. Queria passar o máximo de tempo possível ao lado dela.

De início pensou em abri-lo apenas à noite, mas respeitou o fato de a mãe valorizar o café da manhã.

"O dia começa com a refeição matinal. Quero incentivar recomeços", era o que ela dizia.

As siderúrgicas da região operavam à noite e alguns funcionários comiam depois de terminado o trabalho, justo na hora do café da manhã.

Mas isso também acabara. De nada adiantaria esperar: a mãe não retornaria.

Chibi tem dormido no quarto de Nanami. O bichano parece ficar tranquilo rodeado pelos objetos ainda impregnados do cheiro da tutora. Por vezes ele afofa o cobertor. Dizem que os gatos fazem esse movimento, que chamam de "amassar pãozinho", por sentirem saudade da mãe. Talvez ele ache que a mãe de Kai era a mãe dele também.

Depois de acordar pela manhã, Chibi vai comer sua ração na sala. É um hábito que adquiriu assim que chegou ali, e agora costuma se levantar antes de Kai.

Quando Kai acorda hoje, já passam das oito da manhã. Chibi deve estar com fome. O jovem se levanta e vai até a sala de jantar. As persianas das janelas estão fechadas, envolvendo o recinto na penumbra.

Estranho. Ele não vê sinal de Chibi. O gatinho sempre vem se esfregar nas pernas dele, mas desta vez não se ouve sequer um miado.

Acende as luzes, mas não o encontra. Não está ao lado do antigo relógio nem sob a mesa.

– Chibi! – chama ele, sem resposta.

Por via das dúvidas, Kai procura por toda a casa, inclusive no quarto da mãe, mas não encontra o gatinho em parte alguma.

Terá fugido de casa de novo?

Parece haver na casa alguma fresta por onde Chibi passa e sai com facilidade. Ele tem o hábito de escapulir.

Mas como ele não costumava se afastar muito da entrada, Kai o deixava livre. Até agora não houvera nenhum incidente. De qualquer forma, sempre que Kai sai de casa precisa se certificar de que Chibi está ali dentro.

Kai volta à sala e abre a porta de entrada. Já amanheceu na cidade à beira-mar.

O céu está azul e o ar está puro. É a paisagem de sempre.

Chibi, porém, também não está ali fora. Há apenas a pequena lousa sem nada escrito e nenhum gatinho desenhado.

Para onde terá ido?

Chibi é muito curioso. Talvez tenha visto uma gaivota ou gato-do-mar e saído em perseguição. Kai se culpa por tê-lo deixado fugir. O pai desapareceu, a mãe morreu, só falta perder Chibi para acabar totalmente sozinho.

Tomado de ansiedade, ele se põe a correr. Sente que nunca mais voltará a ver o bichano. É como se ele tivesse partido junto com a mãe.

– Chibi! – grita Kai enquanto corre pelo estreito caminho revestido de conchas.

Então ouve uma resposta.
– *Miaau.*
O miado está vindo de uma curta distância. Kai para, apura os ouvidos e escuta o som de passos. Passos humanos, que se aproximam.
– *Miiau.*
A voz de Chibi também está mais próxima. Por fim, alguém aparece. É Kotoko, que surge diante de Kai com Chibi no colo.
– Estou aqui de novo.
– Por quê...? – pergunta Kai, atônito.
Ele avisou que fecharia o restaurante, que encerraria os negócios; nunca imaginou que ela fosse voltar.
– Vim fazer o café da manhã – responde Kotoko, olhando fixamente para Kai. – Peço licença para preparar uma refeição para você.

Suas palavras soam como um pedido de casamento, e Kotoko enrubesce. Apesar de envergonhada, porém, ela não retira o que disse. À sua maneira, estava ansiosa por esse momento.

É a primeira vez que visita o Chibineko desde que prepararam o arroz de amendoim, embora no dia anterior tenha estado na cidade para visitar Yoshio Kurata, que voltara ao hospital.

Quando ela chegou para a visita, Yoshio tomava uma raspadinha de gelo, guloseima liberada na ala de cuidados paliativos. Como derrete na boca, é um bom jeito de ele ingerir líquido sem engasgar.

Yoshio conversou com Kotoko enquanto levava à boca pouco a pouco a raspadinha com calda de morango. Ele lhe falou sobre Kai:

– Quando perde um membro da família, a pessoa começa a pensar em muitas coisas...

Como tinha sido um cliente regular do Chibineko por muito tempo, ele se preocupava com o jovem.

– Você deve apoiá-lo – recomendou Yoshio. Ele parecia achar que Kotoko era namorada de Kai. Ela pensou em negar, mas Yoshio não ouviria. Ele estava praticamente falando sozinho.

– Eu frequentei bastante o Chibineko. Um dia, fui lá quando o restaurante já estava fechado e...

Foi quando Setsu estava internada, ele conta. Na volta de uma visita à esposa no hospital, ele quis passar no restaurante, mas não estava aberto.

Naquele dia, Yoshio estava prestes a ir embora quando Nanami abriu a porta, como se tivesse notado a presença dele.

"Venha, por favor", ela convidou o relutante Yoshio a entrar. "Isso é tudo que tenho para lhe servir", falou sem jeito, mostrando a refeição. Era a refeição que a família havia comido mais cedo.

– Aquela comida estava deliciosa... – sussurrou Yoshio em seu leito.

Ao ouvir isso, Kotoko decidiu cozinhar o prato. Não sabia se conseguiria prepará-lo direito, e talvez Kai considerasse aquilo uma intromissão.

Era uma atitude ousada, mas mesmo assim queria cozinhar para Kai, como forma de retribuir a ajuda que ele lhe dera. Além disso, desejava amenizar um pouco a dor que ele sentia.

Kai dá ração a Chibi e depois toma chá junto com Kotoko. Os dois permanecem em silêncio.

Por um tempo ficam sentados sem falar nada, mas, quando Chibi se enrosca na poltrona, Kotoko se levanta.

– Vou comprar os ingredientes – anuncia ela de repente, como se até então estivesse esperando o mercado abrir.

– Quer que eu acompanhe você? – pergunta Kai.

– Não precisa, posso ir sozinha.

E ela sai, decidida a cozinhar para ele. Por um lado, Kai gostaria de ficar sozinho, mas a curiosidade é mais forte. Quer ver o que Kotoko vai preparar.

A refeição que ela cozinhou na casa de Yoshio fez o idoso reviver suas memórias. Embora Kai não tenha visto nada, Setsu, a falecida esposa de Yoshio, apareceu e conversou com ele.

Será que, ao comer a refeição de Kotoko, Kai também poderá se encontrar com os mortos?

Será que verá sua mãe?

O Chibineko era conhecido por evocar recordações de entes queridos. Alguns clientes relatavam que podiam ver e ouvir pessoas que já tinham partido. Para fazer jus a essa reputação, Kai e sua mãe continuaram a cozinhar *kagezen*, mas Kai não acredita que os mortos apareçam de verdade. Ele tem outra interpretação.

Talvez a comida afetiva estimulasse lembranças e provocasse ilusões. Os mortos só falavam o que era conveniente aos vivos. Não aparentavam ser espíritos, mas uma imagem criada por quem queria vê-los.

No entanto, isso não faz diferença. Não importa que seja

uma ilusão ou um mero devaneio. Ele quer encontrar a mãe. Antes de partir da cidade, quer conversar mais uma vez com ela.

– Você também não acha? – pergunta a Chibi, que está todo enroscado na poltrona.

– *Nhááá* – responde ele com ar sonolento.

A voz se assemelha a um bocejo. O gato tem um jeito apático, e Kai se irrita um pouco.

– Não acha? – pressiona ele.

Nesse momento, a campainha soa e a porta do Chibineko se abre.

– Voltei – anuncia Kotoko.

Kai decide emprestar a ela a cozinha do Chibineko.

– Posso usar mesmo?

– Claro. Já não é mais um restaurante.

Uma vez tendo fechado o estabelecimento, é como se ele emprestasse a cozinha da própria casa. Como o gás, a eletricidade e a água não haviam sido desligados, é possível usá-la normalmente.

– Então com licença.

Depois de hesitar um pouco, Kotoko coloca a bolsa numa cadeira junto à parede e entra na cozinha. Nem Kai nem Chibi a acompanham.

Ela volta cerca de trinta minutos depois. Traz uma panela de ferro e um fogareiro. Pelo visto, pretende cozinhar algo sobre a mesa.

– Comprei Wagyu Kazusa – anuncia ela.

É uma carne bovina típica de Chiba. O ponto de fusão da

gordura é baixo e a carne marmorizada derrete na boca mesmo sem cozinhar muito.

A província de Chiba é considerada o berço da pecuária leiteira. Na era Edo, o oitavo xógum, Yoshimune Tokugawa, importou vacas brancas da Índia para criação em Mineokamaki, atual município de Minamiboso. Ele passou a produzir *shiragyuraku*, uma espécie de manteiga, dando início à agricultura leiteira japonesa.

Ao que parece, Kotoko pretende usar a carne Wagyu Kazusa para preparar a refeição. Kai já imagina o que ela vai cozinhar, mas não custa perguntar.

– O que você vai fazer?

– *Sukiyaki.*

Exatamente o que ele tinha imaginado.

Após dizer isso, Kotoko começa o preparo. De início, leva ao fogo uma panela com shoyu e saquê, adicionando açúcar diluído em água para fazer o molho. Em seguida, derrete gordura bovina na panela de ferro aquecida e refoga alho-poró até ficar levemente dourado. Por último, junta o molho e a carne e deixa aquecer um pouco.

Enquanto conversam, eles ouvem o fervilhar na panela, e o aroma agridoce do shoyu açucarado e da carne cozida se espalha.

As narinas de Chibi tremulam e ele mia para Kotoko.

– *Miau.*

É como se ele avisasse que a refeição está pronta. Kotoko parece pensar o mesmo e agradece a Chibi.

– Hum. Já está na hora. Obrigada.

Depois quebra um ovo cru numa tigela para Kai e divide a carne entre eles.

– Coma, por favor.

– Obrigado.

Kai pega a tigela e olha a carne, ainda avermelhada. A carne Wagyu Kazusa fica mais saborosa assim, ligeiramente malpassada. Como Chibi avisou, a refeição está mesmo pronta.

– Bom apetite.

Kotoko passa a carne pelo ovo cru e a leva à boca. A carne é tão tenra e adocicada que derrete na língua.

A carne está bem impregnada com o shoyu adocicado. Suave, suculenta, com o sabor bem realçado, deliciosa. O ponto de cozimento e o tempero estão perfeitos.

É o melhor *sukiyaki* que Kai já comeu na vida. Muito parecido com o que a mãe fazia.

Todavia, é diferente. Não é a comida afetiva de Kai.

O *sukiyaki* era um prato popular no cardápio do Chibineko, mas nunca foi servido à mesa em sua casa. Ele não se lembra de tê-lo comido no café da manhã, no almoço ou no jantar. Não revive recordações da mãe e não pode ouvir sua voz.

– Srta. Niki, sinto muito, mas... – Kai dá de ombros e faz menção de pousar os hashis. Mas ainda é cedo para se decepcionar.

– Logo estará pronto – declara Kotoko, apesar de já estarem comendo o *sukiyaki*.

Nesse momento ela põe arroz branco numa tigela. Depois, com uma concha, pega a carne desmanchando no fundo da panela e a coloca sobre o arroz.

– É *sukiyakidon* – diz, entregando a tigela a Kai.

Então ele fica sem palavras. É incapaz de tirar os olhos do prato. Lembranças da mãe invadem seus pensamentos.

Chama-se *makanai* a refeição dos trabalhadores.

O Chibineko era um restaurante familiar e não empregava funcionários, mas, após o horário de encerramento, ele e a mãe comiam *sukiyakidon* como se fosse um *makanai*.

Havia muitos clientes que pediam o *sukiyaki* como comida afetiva ou mesmo como uma refeição normal. Por isso a mãe costumava comprar os ingredientes desse prato em maior quantidade.

E, quando o estabelecimento fechava, ela preparava para Kai o *sukiyakidon*, colocando o *sukiyaki* sobre uma porção de arroz. Talvez por ser um prato feito com sobras, tinha pouca carne para se comer na panela.

Ainda assim, a mãe separava uma porção para o marido ausente. Kai se sentava ao lado dela à mesa, a *kagezen* era colocada à sua frente e os dois comiam como numa reunião em família. Era um momento de descontração após o fim do expediente.

Era um sabor nostálgico. O gosto e o aroma da comida agora trazem lembranças da época em que a mãe morreu...

– Obrigado por tratarem minha mãe com tanto carinho.

Kai cumprimentou o médico e a enfermeira que cuidaram da mãe até o fim. Eles inclinaram o corpo em uma reverência e saíram do quarto do hospital, deixando-o a sós com a mãe.

Kai observou o semblante dela, tão sereno que parecia mentira que o câncer tomara todo o seu corpo. Não havia sinais de sofrimento. Era como se estivesse adormecida. Ele teve a impressão de que se a chamasse ela despertaria.

Em vez de chamá-la, tocou sua face. Já estava fria. Evidentemente, ela não abriu os olhos.

– Você partiu mesmo... – sussurrou ele.

Os últimos dias da mãe passaram diante de seus olhos. Certa vez, quando estava no leito da ala de cuidados paliativos, a mãe lhe entregara seus óculos.

– Não vou usá-los por um tempo. Pode guardá-los para mim?

Nanami gostava de ler e, desde o dia de sua internação, continuou a fazê-lo. Porém, a partir de certo momento, ela não conseguia sequer levantar o corpo da cama. Não podia nem mesmo se alimentar direito, dependendo de soro intravenoso, quanto mais segurar um livro.

Devia estar sofrendo, mas não se queixava. Mesmo naqueles momentos continuava a falar num tom de voz espirituoso:

– Guarde-os, porque quando eu ficar boa e voltar para casa vou ler um montão de livros.

Kai sabia que ela lhe entregara os óculos como uma recordação. Ela estava preparada para morrer. Sua vida iria chegar ao fim naquele hospital. Kai segurou as lágrimas e se esforçou para responder com uma voz alegre:

– Mãe, posso usar seus óculos até você voltar?

Kai não precisava de óculos, mas pretendia usá-los com lentes sem grau, só para sentir a mãe próxima.

– Claro, mas cuidado para não estragá-los, hein?

A mãe sorrira, a voz quase inaudível de tão rouca e baixa. Devia ser difícil falar com a máscara de oxigênio.

Apesar de ter consciência do estado grave de sua mãe, em seu coração Kai ansiava por um milagre. Acreditava que ela ficaria boa. Que chegaria o dia em que ela voltaria para casa e eles viveriam juntos novamente.

Porém o milagre não aconteceu. A mãe não se curou. Sua

vida não se prolongou e seu corpo voltou ao Chibineko sem vida para ser velado.

Chibi, que ficara sozinho tomando conta do restaurante, miou ao ver o rosto impassível da tutora. Era como se falasse com ela, mas, constatando que ela não respondia, inclinou a cabeça com curiosidade.

"Ela morreu", Kai pensou em informar a Chibi, mas as lágrimas escorreram e as palavras ficaram presas em sua garganta. Seu coração estava apertado com a morte da mãe, com o fato de ela não pertencer mais a este mundo.

No entanto, não havia tempo para chorar. Ele precisava cuidar dos preparativos do funeral. Tinha que pedir ao monge para recitar os sutras e levar o corpo da mãe para o crematório.

Decidiu que ele e Chibi se despediriam dela juntos. Depois foi sozinho ao crematório e recolheu as cinzas da mãe, colocando-os na urna funerária junto com o par de óculos emprestados. Ele pusera de volta as lentes que a mãe costumava usar.

Uniu as mãos sobre a urna e fez uma prece.

Que ela fique em paz no mundo de lá.
Que ela possa ler um montão de livros.
Que minha mãe fique bem.

Apesar de não acreditar na vida após a morte, rezou pela felicidade da mãe no além. Pediu que naquele mundo sem doenças ela pudesse ler muitos dos seus livros favoritos.

Kai termina de comer seu *sukiyakidon*. A carne estava deliciosa e o arroz que absorvera o molho tinha um sabor espetacular.

– Estava mesmo uma delícia.

Kai pousa a tigela e os hashis e nota que a porção de *sukiyaki-don* da mãe, posta como comida afetiva do outro lado da mesa, já começa a esfriar. O vapor está quase desaparecendo. Kai dá de ombros. Ele comeu o *sukiyakidon* e se recordou da mãe, mas ela não apareceu.

Pelo visto, milagres não acontecem para ele.

Kotoko o observa com um olhar questionador. Quando Kai pensa em dizer que nada aconteceu, Chibi se manifesta:

– *Miaau.* – Sua voz soa dengosa, parecendo falar com alguém. Chibi está perto de onde Kotoko deixou sua bolsa. Ele sobe na cadeira, encosta o nariz na bolsa e volta a miar.

Apesar de ser um miado igual ao anterior, a voz de Chibi está estranha, abafada.

– O que houve? – pergunta Kai ao gatinho.

Para sua surpresa, sua voz está abafada também. A bolsa de Kotoko começa a emitir uma luz ofuscante.

Num piscar de olhos, essa luz se intensifica e envolve Kai, cobrindo-o por inteiro.

Uma névoa se espalha por todo o lugar.

– O que é isso? – Kai tenta perguntar a Kotoko, mas ela desapareceu. Estava ali poucos segundos antes.

Então ele ouve a campainha soando e a porta do Chibineko se abrindo.

Ding-dong.

Alguém entra no restaurante. Por causa da luz ofuscante e da névoa, ele não pode enxergar nitidamente, mas parece uma silhueta feminina.

Não pode ser..., pensa, enquanto Chibi mia com voz dengosa e vai até a porta receber a visitante.

Por fim, Kai consegue ver com clareza o rosto da mulher que

acabou de entrar. Ela está usando os óculos que até pouco tempo atrás ele usara.

– Mãe...

– Estou de volta em casa – anuncia ela.

Chibi corre aos seus pés e se esfrega em suas pernas. Provavelmente tenta pôr seu cheiro na mãe que tanto adora.

– Parece que você se comportou direitinho, não foi? – diz ela ao gatinho.

– *Miiaau* – responde ele, cheio de si. Está convicto de ter se comportado.

Depois de receber carinho na cabeça, ele volta para a poltrona com ar satisfeito.

Nanami então se senta diante de Kai.

– Você tem algo para me contar, não tem?

– Sim... – responde Kai, pensando que os rumores sobre a comida afetiva eram verdadeiros. Então não há tempo a perder, pois o ente querido que retorna a este mundo só pode permanecer nele até a comida esfriar. E o *sukiyakidon* já está quase frio.

– Decidi fechar o Chibineko – informa sem rodeios. – Pretendo ir embora desta cidade.

Nanami sabe como Kai se sente. Entende que ele queira partir com Chibi.

Mas o restaurante era um lugar precioso para a mãe, e Kai se sente mal por fechá-lo.

– Me perdoe – diz ele, baixando a cabeça.

A mãe não se zanga.

– Não precisa se desculpar! Apenas se cuide.

Suas palavras e sua voz são suaves, como quando ela era viva. Quando Kai adoecia, ela virava a noite cuidando dele, sem nunca reclamar. Certa vez o levou ao hospital carregando-o nas costas. Agora Kai se recorda dessa cena e quase chora. Ela era muito gentil com ele, mas ele não podia fazer nada por ela.
Pelo menos posso parar de chorar.
Se um filho chora, os pais não conseguem descansar em paz.
Vou tentar não preocupar minha mãe.
Ao pensar assim e conter as lágrimas, ouve a mãe dizer:
– Chore à vontade! Qualquer pessoa precisa de um lugar onde possa chorar.
E, com a voz doce, ela prossegue como se estivesse narrando uma história.

Se você partir desta cidade e deparar com algo triste, algo insuportavelmente doloroso, basta retornar para cá.
Aqui é sua cidade natal.
É onde você viveu com seus pais.
Mesmo fechando o restaurante, é seu local de origem. É o seu lar.
É um lugar onde você pode chorar.

– Mãe... – diz ele, sem conseguir falar mais nada.
Apenas chora. Quando baixa a cabeça, em lágrimas, as mãos da mãe a acariciam.
Então ele se acalma, sentindo-se à vontade como quando era criança. Parecendo esperar por esse momento, ela se levanta.

– Está na hora de ir.

Na mesa, o vapor do *sukiyakidon* desapareceu. Os mortos só podem permanecer neste mundo até a comida afetiva esfriar. É hora de regressar para o outro mundo.

Apesar de estar ciente disso, Kai não quer se despedir. Não deseja ficar sozinho de novo.

– Mãe, não vá embora, por favor – implora.

– Não é assim que as coisas funcionam – responde ela. E, sussurrando, olha na direção da porta e diz: – Ele também veio!

– Ele?

No instante em que Kai pergunta isso, um *ding-dong* soa e a porta do Chibineko se abre.

Por ela passa uma silhueta masculina, um homem alto com feições muito parecidas com as de Kai, envolto pela luz e pela névoa. Antes mesmo que possa raciocinar, uma palavra sai de sua boca. Ele sabe quem é esse homem.

– Pai...

Apesar de vinte anos terem se passado, Kai o reconhece.

Ele faz menção de correr até ele, porém seu corpo não se mexe. Não consegue se levantar, como se estivesse amarrado. Não pode se aproximar do pai.

– Me perdoe, filho – lamenta a mãe. – Aparentemente só se pode encontrar uma única pessoa. Ele não pode conversar com você.

Talvez até aparecer na porta seja uma infração às regras. Ele deve ter implorado aos deuses para pelo menos poder ver o filho.

A mãe caminha até o marido e ambos olham para o rosto de Kai. É o momento da real despedida.

Kai se desespera. Ele quer chorar, mas há algo que precisa dizer.

– Pai, mãe... sou muito feliz por ser filho de vocês. Mesmo hoje sou feliz.

Os pais sorriem.

– Nós também, Kai! – responde a mãe. – Bem, chegou a hora.

Essas são suas últimas palavras. Os pais saem do restaurante, ouve-se o *ding-dong* e a névoa se dissipa.

Kotoko olha para Kai. Depois de ter comido o *sukiyakidon* que ela preparou como comida afetiva, Kai permaneceu imóvel, como se estivesse congelado.

– Kai?

Ela chamava, mas ele não respondia. Parecia não ouvi-la.

Será que Nanami havia aparecido para ele?

Kotoko estreita os olhos e olha em volta, mas não vê nada. Quando seu irmão apareceu, uma névoa se espalhou e os ponteiros do antigo relógio pararam. Agora não há nenhum desses sinais.

Chibi continua deitado, enroscado sobre a poltrona. Parece sonhar e às vezes emite um miado dormindo.

Será, então, que o milagre não aconteceu?

De todo modo, Kai está estranho, e Kotoko o observa calada.

O tempo passa lentamente e, por fim, o *sukiyakidon* esfria por completo. Nesse momento Kai sussurra algo que não chega aos ouvidos de Kotoko. Ele direciona o olhar para a porta de entrada e sua boca se move ligeiramente.

– ... sou muito feliz...

Ela acha que Kai disse isso, mas não tem certeza, pois não consegue ouvir claramente. Lágrimas brotam dos olhos dele, embora sua expressão seja serena.

Kotoko traz uma xícara de chá verde e a coloca sobre a mesa.

– Que tal um chá?

– Obrigado – responde ele.

Sua voz está tranquila. Já não há lágrimas em seu rosto, mas ele não parece tê-las enxugado. Talvez tenha sido apenas imaginação de Kotoko.

Kai sorve o chá e devolve a xícara à mesa.

– Obrigado pela comida deliciosa.

Mesmo sem saber o que aconteceu, Kotoko interpreta essas palavras como uma deixa para ir embora. No entanto, ainda há uma última coisa a fazer. Ela se lembra de que queria dar algo a Kai.

Ela pega sua bolsa e tira dela um embrulho de papel.

– Bem... Isso... é... – começa ela, a voz baixinha, mas não sabe como continuar.

No embrulho de papel há um adesivo e um laço, e Kai logo percebe que se trata de um presente.

– É para mim? – pergunta ele, surpreso.

– Sim – confirma Kotoko, encabulada. É a primeira vez que ela dá um presente a um homem que não é membro de sua família. Envergonhada, suas mãos tremem. – Aceite, por favor.

O que eu faço se ele recusar?

Só agora ela pensa nisso. Ao entregar o presente, tem vontade de fugir. Tem medo de ouvir uma recusa e evita olhar nos olhos de Kai.

Ele, porém, aceita o presente.

– Obrigado. Posso abrir?

– C-claro.

Ele abre o embrulho.

– Um par de óculos!

Kotoko escolheu óculos com design igual ao que Kai usava. Yoshio lhe contara que os óculos usados por Kai haviam pertencido à mãe dele. Talvez ela estivesse sendo intrometida demais presenteando-o com esses óculos, então entenderia se ele se ofendesse. Kai, entretanto, não se aborrece. Pelo contrário, parece intrigado:

– Então isso explica a luz...

– Que luz? – retruca Kotoko, confusa.

– Não é nada... Estou falando sozinho.

Ele balança a cabeça e põe os óculos.

– Ficaram perfeitos.

Kai sorri. Os óculos combinam com seu rosto sorridente.

Ao ver esse sorriso, Kotoko relaxa. Agora, sim, seu trabalho está completo. Basta pegar o trem de volta para casa.

Ela tem sua vida, e Kai tem a dele. Uma constatação tão simples e tão insuportavelmente triste.

Ela quer convidá-lo para assistir à sua peça, mas não diz nada, afinal não sabe para onde Kai pretende se mudar. Também acha que seria inadequado convidar alguém que acabou de perder a mãe.

– Então... – começa ela, pensando em se despedir para sempre.

– *Miaau* – interrompe Chibi.

O gatinho se levanta da cadeira e olha fixamente para Kai.

Como se compreendesse perfeitamente a linguagem felina, Kai responde:

– Tem razão, Chibi. – E, voltando-se para Kotoko, diz em seu tom educado: – Depois de você ter me preparado a refeição e me dado estes óculos de presente, fico até sem jeito de lhe fazer um pedido, mas posso fazer?

– S-sim. Se estiver ao meu alcance...

Vendo Kotoko concordar, Chibi balança o rabo, parecendo aliviado. Kai responde, como quem tira um peso dos ombros:

– Muito obrigado. Então...

Kai caminha até a porta do restaurante, acompanhado de perto pelo gato. Kotoko observa a cena sem saber o que fazer, até que Chibi se vira para ela.

– *Miau*. – Ele parece chamá-la: "Vamos, venha logo."

Kotoko segue os dois.

Quando chegam à entrada, Kai abre a porta como se fosse o porteiro de um hotel cinco estrelas.

Ding-dong. A campainha no alto da porta toca e o ar externo invade o ambiente. A brisa marinha de novembro é um pouco fria, mas agradável. Diante dos olhos dos três, a deslumbrante paisagem de Uchibo se descortina. Kotoko vê a praia onde conheceu Kai. No caminho repleto de conchas brancas, pode-se ouvir o som das ondas e o grasnido dos gatos-do-mar. O céu azul se estende até onde a vista alcança.

Ela imagina que Kai deseja mostrar a ela essa paisagem, mas ele olha para outro lugar – para o cavalete ao lado da porta, agora limpo, sem nada escrito a giz. O nome do restaurante e o desenho de um gatinho semelhante a Chibi não estão mais ali.

Chibi se senta na frente do cavalete e, mexendo o rabo e as orelhas, mia em direção a Kai como se o pressionasse:

– *Miaau*.

– Sim, é o que pretendo fazer – responde Kai, que pega um pedaço de giz pousado ali perto.

Então começa a escrever.

Chibineko
Preparamos refeições afetivas

As palavras desenhadas em giz branco são tão lindas quanto as nuvens brancas que pairam no céu azul. Agora estão diferentes, mais espontâneas. Essa deve ser a caligrafia original de Kai.

– *Miaau?*

Chibi mia como se questionasse se não falta mais nada, e Kai ri.

– Entendi.

Com o giz, escreve algo mais.

Temos um gato que vive aqui.

As letras são maiores que as anteriores, como se ele se orgulhasse de ter um gato.

– *Miiau.*

Chibi olha para as letras como se estivesse satisfeito. Kai sorri e depois diz para Kotoko:

– Desisti de fechar o restaurante.

– Sério?

– Sim, vou continuar com o Chibineko.

– Isso é maravilhoso!

Kotoko sente um alívio no fundo da alma.

– Você virá outras vezes? – pergunta Kai.

– Sem dúvida! – Kotoko percebe o entusiasmo na própria voz. Ela voltará a desfrutar de uma refeição de Kai. Poderá vê-lo de novo.

– E sobre o meu pedido...

– O que é? – pergunta Kotoko, voltando a si.

– Você poderia, por favor, desenhar o Chibi nesse quadro? – pede ele, entregando a ela um pedaço de giz.

– O quê?! Não, eu não consigo...

Ela não sabe desenhar um gato. Sem pegar o giz, ela balança a cabeça num gesto de recusa, mas nem Chibi nem Kai se dão por vencidos.

– *Miaau.*

– Por favor.

Kotoko se sente desnorteada, mas sabe que é impossível não atender a esse pedido. Tem vontade de sair correndo.

– Por favor, Kotoko, faça o desenho.

Kotoko nota que é a primeira vez que ele a chama pelo primeiro nome. Ela enrubesce e abaixa a cabeça, tentando disfarçar.

Kai se apressa em pedir desculpas.

– M-me perdoe.

– *Miaau* – até Chibi parece pedir desculpas.

Kotoko ri. Ela sempre sorri quando vem ao restaurante. Mesmo quando está triste, no fim se sente feliz e confiante.

Ela nunca desenhou um gato, mas decide tentar.

Vou parar de ter medo. Farei o que estiver ao meu alcance, afinal a vida é uma só. Mesmo não me saindo bem, mesmo falhando, será mais uma memória inesquecível vivida neste lugar mágico.

– Certo, me empreste o giz – pede ela.

E, assim, um novo tempo se inicia.

Serão dias diferentes a partir de agora.

Kai lhe entrega o giz. Chibi levanta as orelhas com um semblante divertido, repleto de expectativa.

– Se ficar feio, não riam de mim, tudo bem?

E, sorrindo, ela percorre a lousa com o giz.

Sukiyakidon • すき焼き丼
Carne cozida em panela servida sobre tigela de arroz

Ingredientes (serve 4 pessoas)
- 400g de carne bovina fatiada finamente
- 2 talos de alho-poró
- 100ml (cada) de shoyu, saquê culinário e água
- Açúcar (a gosto)
- Gordura bovina ou óleo vegetal (a gosto)
- 4 porções de arroz japonês cozido

Modo de preparo
1. Numa panela pequena coloque o shoyu e o saquê, adicione o açúcar diluído em água e leve ao fogo para preparar o molho.
2. Derreta a gordura numa panela de ferro aquecida e refogue o alho-poró cortado em fatias diagonais até dourarem levemente.
3. Acrescente o molho e a carne e deixe cozinhar. O ponto da carne é uma questão de gosto, mas o alho-poró ficará mais

adocicado se for cozido por mais tempo em fogo baixo.
Quando chegar ao ponto desejado, o *sukiyaki* estará pronto.
4. Sirva numa tigela sobre o arroz japonês recém-cozido.

Dicas

Para facilitar o corte da carne em fatias bem finas, coloque-a no congelador até que fique firme, mas sem congelar. Caso prefira um sabor mais denso, aumente em 50% a quantidade de saquê. No entanto, por ser cozida em fogo brando, é melhor preparar a carne com um tempero mais leve, para evitar salgá-la demais.

Glossário

Sukiyakidon é a junção de *"sukiyaki"* com o sufixo *-don* que vem de *"donburi"*.

Sukiyaki é um prato japonês bem popular, que consiste em fatias finas de carne marmorizada cozidas em um caldo fervente bem saboroso, podendo-se ainda adicionar ingredientes como tofu, alho-poró, cogumelos, verduras e legumes.

Donburi consiste em uma tigela de arroz coberta com diversos ingredientes, como carne, peixe, vegetais e até ovo.

Para saber mais sobre os títulos e autores da Editora Arqueiro,
visite o nosso site e siga as nossas redes sociais.
Além de informações sobre os próximos lançamentos,
você terá acesso a conteúdos exclusivos
e poderá participar de promoções e sorteios.

editoraarqueiro.com.br